Šriodingerio katė
Kvantinis poezijos pasaulis

Translated to Lithuanian from the English version of
Schrödinger's Cat

Devajit Bhuyan

Ukiyoto Publishing

Visos pasaulinės leidybos teisės priklauso

Ukiyoto Publishing

Paskelbta 2023 m

Turinio autorinės teisės © Devajit Bhuyan

ISBN 9789360167905

Visos teisės saugomos.
Be išankstinio leidėjo leidimo jokia šio leidinio dalis negali būti atkurta, perduodama ar saugoma paieškos sistemoje jokiu būdu, elektroniniu, mechaniniu, kopijavimo, įrašymo ar kitokiu būdu.

Buvo apgintos neturtinės autoriaus teisės.

Ši knyga parduodama su sąlyga, kad ji be išankstinio leidėjo sutikimo negali būti skolinama, perparduodama, išnuomojama ar kitaip platinama jokiu įrišimu ar viršeliu, išskyrus tuos, kuriuose ji yra. paskelbta.

www.ukiyoto.com

Skirta Erwinui Schrodingeriui, Maxui Planckui ir Warneriui Heisenbergui, trims kvantinės fizikos muškietininkams

Turinys

Šriodingerio katė	1
Entropija nužudys	2
Materijos energijos dvilypumas	3
Lygiagrečios Visatos	4
Stebėtojo svarba	5
Dirbtinis intelektas	6
Nepažeiskite laiko dimensijos	7
Vieną kartą	8
Dievo lygtis	9
Filosofų diskusijos	10
Aš judu ir toliau	11
Dievo ir fizikos pjesė	12
Kadaise buvo aparatas, vadinamas teleksu	13
Mano protas	14
Jei Multiverse yra tiesa	15
Trintis	16
Tai, ką mes žinome, yra niekas	17
Artėja geros tiesos dienos	18
Diferencijavimas ir integracija	19
Erelis badaujant	20
Mums senstant	21
Pamirškite žmogaus sukurtą skyrių	22
Debesų kompiuterija padarė jį nematomu	23
Mes esame virtualūs	24
Gyvenimo Sąmonė	25
Katė išėjo gyva	26
Didysis barjeras	27
Gyvenimas nėra rožių lova, bet yra saulė	28

Aukščiausias gyvūnas	29
O" Mokslininkai, mieli mokslininkai	30
Žmogaus emocijos ir kvantinė fizika	31
Kas atsitiks originalumui ir sąmoningumui?	32
Kai baigiasi Visatos plėtimasis	33
Pertvarkymas	34
Higgso bosonas, Dievo dalelė	35
Senis ir kvantinis susipynimas	36
Ką žmonės darys?	37
Kosmoso laikas	38
Nestabili visata	39
Reliatyvumas	40
Kas yra laikas	41
Didelis mąstymas	42
Gamta sumokėjo kainą už savo evoliucijos procesą	43
Žemės diena	44
Pasaulinė knygos diena	45
Būkime laimingi pereinamuoju laikotarpiu	46
Stebėtojas yra svarbus	47
Pakankamai laiko	48
Vienatvė nėra blogai visą laiką	49
Aš prieš dirbtinį intelektą	50
Etinis klausimas	51
Nežinau	52
Žinau, buvau geriausias žiurkių lenktynėse	53
Sukurkite savo ateitį	54
Nepaisyti matmenys	55
Mes prisimenam	56
Laisva valia	57
Rytoj – Tik viltis	58

Gimimas ir mirtis įvykių horizonte	59
Galutinis žaidimas	60
Laikas, paslaptinga iliuzija	61
Dievas nesipriešina savo valiai	62
Geras ir blogas	63
Žmonės vertina tik keletą kategorijų	65
Technologija geresniam rytojui	66
Dirbtinio ir natūralaus intelekto sintezė	67
Kitoje planetoje	68
Destruktyvus instinktas	69
Stori žmonės miršta jauni	70
Daugiafunkcinis darbas nėra vaistas	71
Nemirtingas žmogus	72
Keista dimensija	73
Gyvenimas yra nuolatinė kova	74
Skriskite vis aukščiau ir pajuskite realybę	75
Susitvarkyti Gyvenime	76
Ar mes vien atomų krūvos?	77
Laikas yra nykimas arba progresas be egzistavimo	78
Faraonai	79
Vieniša planeta	80
Kodėl mums reikia karo?	81
Atsisakykite nuolatinės pasaulio taikos	82
Trūkstamoji nuoroda	83
Dievo lygties nepakanka	84
Moterų lygybė	85
Begalybė	86
Už Paukščių Tako	87
Būkite patenkinti paguodos prizu ir judėkite toliau	88
Covid19 nepavyko prisegti	89

Nebūk prastas mąstysenos	90
Pagalvokite dideliai ir tiesiog darykite tai	91
Vien smegenų neužtenka	92
Skaičiavimas Ir Matematika	93
Atminties nepakanka	94
Daugiau duodi, daugiau gauni	95
Paleisk ir pamiršti yra vienodai svarbu	96
Kvantinė tikimybė	97
Elektronas	98
Neutrinas	99
Dievas yra blogas vadovas	100
Fizika yra inžinerijos tėvas	101
Žmonių žinios apie atomus	102
Nestabilus elektronas	103
Pagrindinės jėgos	104
Homo Sapiens tikslas	105
Prieš dingusį saitą	106
Adomas ir Ieva	107
Įsivaizduojami skaičiai yra sunkūs	108
Atvirkštinis skaičiavimas	109
Visi pradeda nuo nulio	110
Etikos klausimai	111
All-Sin-Tan-Cos	112
Ugnies Galia	114
Naktis ir diena	115
Laisva valia ir galutinis rezultatas	116
Kvantinė tikimybė	117
Mirtingumas ir nemirtingumas	118
Išprotėjusi kryžkelės mergina	119
Atomas prieš molekules	120

Priimkime naują sprendimą	121
Fermi-Dirac statistika	122
Nežmoniškas mentalitetas	123
Verslo procesas	124
Ilsėkis ramybėje (RIP)	125
Ar sielos tikros, ar vaizduotė?	126
Ar sielos tikros, ar vaizduotė?	127
Ar visos sielos yra to paties paketo dalis?	128
Branduolys	129
Už fizikos ribų	130
Mokslas Ir Religija	131
Religijos ir daugialypė visata	132
Mokslo ir multivisatos ateitis	133
Medaus bitės	134
Tas pats Rezultatas	135
Kažkas Ir Nieko	136
Poezija geriausiu mastu	137
Plaukų žilimas	138
Nestabilus žmogus	139
Tegul poezija būna paprasta kaip fizika	140
Maksas Plankas Didysis	141
Stebėtojo svarba	142
Mes Nežinome	143
Kas atsiranda	144
Eteris	145
Nepriklausomybė nėra absoliuti	146
Priverstinė evoliucija, kas atsitiks?	147
Mirk jaunas	149
Determinizmas, atsitiktinumas ir laisva valia	150
Problemos	151

Gyvenimui reikia mažų dalelių	153
Skausmas Ir Malonumas	154
Fizikos teorija	155
Kad ir kas atsitiko, atsitiko	156
Kodėl emocijos yra simetriškos?	157
Gilioje tamsoje taip pat judame toliau	158
Egzistencijos žaidimas	159
Natūrali atranka ir evoliucija	160
Fizika ir DNR kodas	161
Kas yra Realybė?	162
Priešingos jėgos	163
Laiko matavimas	164
Nekopijuokite, pateikite savo disertaciją	166
Gyvenimo tikslas nėra monolitinis	168
Ar medžiai turi tikslą?	170
Senas liks auksu	172
Iššūkis ateičiai	174
Grožis ir reliatyvumas	176
Dinaminė pusiausvyra	177
Niekas negali manęs sustabdyti	178
Niekada nebandžiau tobulumo, bet bandžiau tobulėti	179
Mokytojas	180
Iliuzinis tobulumas	181
Laikykitės savo pagrindinių vertybių	182
Mirties išradimas	183
Pasitikėjimas savimi	184
Išlikome nemandagūs	185
Kodėl mes tampame chaotiški?	186
Gyventi ar negyventi?	187
Didesnis paveikslas	188

Išplėskite savo horizontą	189
Aš žinau.	190
Neieškokite tikslo ir priežasties	191
Mylėk gamtą	192
Gimęs laisvas	193
Mūsų gyvenimo trukmė visada gera	195
Aš nesigailiu	196
Anksti miegoti ir anksti keltis	197
Gyvenimas tapo paprastas	198
Banginės funkcijos vizualizacija	199
Aštuoni milijardai	201
Aš	202
Komfortas yra svaiginantis	203
Laisva Valia Ir Tikslas	204
Du tipai	205
Būkime dėkingi mokslininkams	206
Gyvenimas anapus vandens ir deguonies	207
Vanduo Ir Žemė	209
Fizika turi harmonikų	210
Mokslas gamtos srityje	211
Besivystanti hipotezė ir dėsniai	212
apie autorių	213

Šriodingerio katė

Mes esame juodojoje dėžėje, kurią riboja erdvė, laikas, materija ir energija

Erdvės ir laiko srityje esame užsiėmę konvertavimu į sinergiją

Be to, kaupdami kūno riebalus mes paverčiame energiją medžiaga

Tačiau juodosios dėžės ribose mūsų gyvenimas baigiasi ir viskas stoja

Niekas nežino, kas yra už juodosios dėžės šiose begalinėse galaktikose

Jokių technologijų fiziniam patikrinimui, kas yra visatos pakraštyje

Paslaptis už juodosios dėžės, nežinomos galios išsaugojimas

Mes galime ištraukti Šrodingerio katę iš dėžutės

Net ir tada išeiti iš paradokso nebus lengva ir paprasta

Norėdami sužinoti galutinę gyvenimo tiesą, žmogus visada susidurs su sunkumais.

Entropija nužudys

Visatos entropija kasdien didėja, aš tai jaučiu
Tačiau mes neturime jokios mašinos ar metodų, kaip sulėtinti
Taip pat neturime fizikos dėsnio, kaip sukurti mašiną, skirtą nupūsti
Vien žinoti tiesą neužtenka, mums reikia sprendimo
Kiekvieną dieną priešais mus vyksta nepageidaujamas sunaikinimas
Siekiant padidinti entropiją, kiekvieną mėnesį žmonių skaičius didėja
Negrįžtamas entropijos procesas netrukus gali tapti maksimalus
Žmonija ir aukščiausias gyvūnas bus priversti migruoti į mėnulį
Nejuokink vyresnės kartos, nepakankamai protingos be plastiko
Bent jau didėjančios entropijos reiškinys nebuvo kaimiškas.

Materijos energijos dvilypumas

Materijos ir energijos dvilypumas yra labai paprastas

Kiekvieną akimirką tai daro milijardai žvaigždžių

Galaktikos atsiranda kaip materija

O galaktikų materija išnyksta kaip energija

Bet visos materijos ir energijos suma lygi nuliui

Tarp jų antimedžiaga ir tamsioji energija yra nežinomi herojai

Kiekvieną akimirką žaidžiame su materija ir energija

Bet vis dar toli nuo paprastos technikos išradimo

Laiko ir erdvės srityje mūsų egzistavimas yra ribotas

Diena, kai mokomės paprastos technologijos, skirtos medžiagai ir energijai paversti

Laiko ir erdvės barjerai neliks kaip begalybė

Dievas bus Schrödingerio dėžutėje su kate

Visatą gali valdyti dirbtiniai protingi robotai, vadinami skraidančiais šikšnosparniais.

Lygiagrečios Visatos

Religija nuo neatmenamų laikų kalbėjo apie paralelinės visatos egzistavimą

Fizikai ir mokslo bendruomenė tai pasakė įsivaizduodami ir nežinodami

Fizika gilėja ir negali paaiškinti daugelio gamtos reiškinių

Dabar jie sako, kad norint tai paaiškinti, paralelinė visata yra paaiškinimas

Tačiau tūkstančio metų senumo mintims mokslininkai nepripažins

Dalelių fizika, pati subatominė fizika yra filosofinė mintis

Tai patvirtino mokslinis eksperimentas, tik praėjus dešimtmečiams

Tačiau panašią filosofiją, paaiškintą skirtingu kalbų formatu, jie atmeta

Tai mokslo bendruomenės juodosios dėžės mąstymo sindromas

„Tai, ko nežinome, nėra žinios" moksle nepriimtina

Jei bus įrodyta, kad paralelinė visata yra vertinama, jie tylės.

Stebėtojo svarba

Kai atidarome Šriodingerio dėžutę laiko horizonte

Dėžutės viduje esanti katė gali būti gyva arba negyva, tai priklauso nuo tikimybės

Joks stebėtojas iš išorės negali to užtikrintai nuspėti ir patvirtinti

Bet kai mes stebime, situacija gali būti kitokia

Štai kodėl įvykių horizontui svarbus stebėtojas

Dvigubo plyšio eksperimento metu dalelės stebimos skirtingai

Kodėl taip nutinka, kad dalelės susipainioja, šiuo klausimu nėra jokio paaiškinimo

Informacija tarp įsipainiojusių dalelių juda greičiau nei šviesa

Taigi ateityje bendravimas su egzoplaneta ir ateiviais bus ryškus.

Dirbtinis intelektas

Nėra siurblio kaip širdis, reikia pumpuoti vandenį į kokoso medžio viršūnę

Mašinos negali surinkti medaus iš garstyčių žiedų kaip bitės

Iš tos pačios dirvos augalai gali pasigaminti saldaus, rūgštaus ir kartaus

Dirbtiniam intelektui tai bus kitoks žaidimas gamtos ringe

Jei viską daro dirbtinį intelektą ir saulės energiją turintys robotai

Žmonėms nėra tikslo ar priežasties amžinai gyventi Žemės planetoje

Tai tinkamas laikas žmogui keliauti į kitas planetas ir galaktikas

Turėtume pabandyti pasirašyti naujus genetinius kodus nemirtingiems kūnams

Man neįdomu gyventi neribotą laiką prie protingo kompiuterio

Leisk man šiandien mirti su savarankišku mąstymu, net jei laikas neprisimena.

Nepažeiskite laiko dimensijos

Begalinėje visatoje šviesos greitis yra per lėtas

Tai gali būti atsargumo priemonė, siekiant apsaugoti planetų individualumą

Kad ateiviai ir žmonės negalėtų dalyvauti dažnuose karuose

Kitos civilizacijos gali klestėti už milijardų šviesmečių esančios žvaigždės

Kelionės greičiau nei šviesa gali būti nenaudingos homo sapiens ateičiai

Nenulaužkime greičio apsauginio vožtuvo nežinodami pasekmių

Tunelis laiko dimensijoje apvers civilizaciją aukštyn kojomis

Netgi Covid19 vakcina anksčiau buvo susidurta su virusu, o dabar kenkia sveikatai

Sveikas jaunuolis be priežasties miršta nuo mūsų kaimenės

Pusė žinių yra blogiau nei nežinojimas arba visai nežinia

Pažeidus šviesos greitį ir tunelį, homo sapiens gali nukristi.

Vieną kartą

Kažkada žmonės galvoja, kad saulė sukasi aplink saulę

Vakare nuskęsta vandenyne, o ryte vėl išlenda

Saulei kiekvieną rytą reikia Dievo leidimo, kad galėtų išeiti

Kokie nemokšiški ir nemoksliški tų primityvių laikų žmonės

Milijonus metų žmonės nežinojo, kaip gaminti branduolines bombas

Gerai, kad pastatė piramidę, paminklus ir didelius kapus

Kitaip nebūtume pasiekę šiuolaikinės civilizacijos laikų

Viduramžiais žmonių civilizacija buvo nuėjusi į užmarštį

Kadaise mus mokė apie Eatherį (eterį), per kurį sklinda šviesa

Dabar mokslininkai mano, kad taip vadinami fizikai buvo pernelyg tuščiaviduriai

Šiandien niekas nežino didžiojo sprogimo, pastovios būsenos, kelių eilučių ar stygų teorijos, kuri yra teisinga

Tačiau taikant pastovios būsenos teoriją, be kosmoso pradžios ar pabaigos, religijos yra įtemptos

Planetos, žvaigždės ir galaktikos gimsta ir miršta kaip žmogus.

Žmogui laiko skalė ir skirtingi matmenys yra kitas dalykas .

Dievo lygtis

Ar mes tik krūva atomų, kaip ir bet kuri kita gyva ir negyva medžiaga?

Arba atomų derinys žmogaus kūne visiškai skiriasi nuo kitų

Tik skirtingų atomų deriniai negali įkvėpti sąmonės

Su žmonėmis robotai ir kompiuteriai su dirbtiniu intelektu skiriasi

Kartą mums buvo pasakyta, kad atomai yra mažiausios egzistuojančios dalelės

Teigiamas protonas, neutralus neutronas ir neigiami elektronai yra pagrindiniai dalykai

Dabar, kai einame vis giliau, žinome, kad tai netiesa

Pagrindinės dalelės gali būti fotonai, bozonas arba tiesiog stygų vibracija

Kai kurie mokslininkai sako, kad tai gali būti tik informacija

Tai sujungiama pagal kodą, kad būtų pateiktas skirtingas vaizdas

Tačiau dėl sąmonės ir jos kilmės mes neturime sprendimo

Būkime laimingi valgydami obuolį ir iš jo pagamintą vyną

Kol mokslininkai suras Dievo lygtį, kurioje viskas tilps.

Filosofų diskusijos

Filosofai diskutuoja, kiaušinis pirmas, ar paukštis pirmas
Abiejų pusių logika yra vienodai stipri ir tvirta
Kalbant apie materiją ir energiją, tokių diskusijų nėra
Iš energijos visata atsirado, yra tikras faktas
Energijos negalima nei sukurti, nei sunaikinti – tai sena paradigma
Energijos ir materijos dvilypumo sampratą Einšteinas pasakojo seniai
Taip pat atsiskleidžia dalelių materija ir banga
Esant per daug pagrindinių ar elementariųjų dalelių
Kalbant apie pagrindinius visatos nuomonių blokus, visada skiriasi
Tiesiog neįmanoma įkalinti visagalio kaip Šriodingerio katės
Kol neįkalinsime katės į narvą, valgykime, šypsokimės, mylėkime ir eikime į geresnę mirtį.

Aš judu ir toliau

Visata be sustojimo plečiasi

Aš taip pat judu toliau ir toliau savo kelionėje

Kartais saulė, kartais lietus

Kartais perkūnija, o kartais audros

Bet aš niekada nesustojau, judau toliau ir toliau;

Kelionė visada nebuvo sklandi ir lengva

Spyglius, kurie įstrigo mano kojų pirštuose, pašalinau pati

Kur nebuvo tilto per upę

Sukūriau savo valtį ir perplaukiau ją

Bet aš niekada nesustojau, judau toliau ir toliau;

Kartais tamsiausią naktį pamesdavau kryptį

Tačiau ugniagesiai parodė kelią eiti toliau

Slidžiame kelyje buvau kelis kartus kritęs

Greitai atsistoju ir žiūriu į mirksinčias žvaigždes

Bet aš niekada nesustojau, o judėjau toliau ir toliau;

Niekada nebandžiau išmatuoti atstumo, kurį įveikiau

Neskaičiuojant pelno ir nuostolių, visada judėjo į priekį

Nesitiki aplinkinių padrąsinimo

Niekada nešvaistėme laiko su sustingusiais žmonėmis, darydami klaidas

Seniai supratau, kad gyvenime nieko nėra pastovaus, kelionė yra atlygis.

Dievo ir fizikos pjesė

Gravitacija, elektromagnetizmas, stiprios ir silpnos branduolinės jėgos yra pagrindinės

Štai kodėl visata yra dinamiška, o ne sustingusi ar statiška

Šiose keturiose dimensijose kūrėjas žaidžia materija, energija, erdvė ir laikas

Dabar mokslininkai teigia, kad yra ir neatrastų matmenų

Tamsios energijos egzistavimo ir elgesio priežastis vis dar nežinoma

Nors žmogaus smegenys yra identiškos, jų sąmonė skiriasi

Visatos ir Dievo egzistavimui sąmonė yra svarbi

Kvantinis įsipainiojimas nesilaiko maksimalaus greičio apribojimo

Kelionės laiku ir kelionės į kitas galaktikas, leidimas įsipainioti

Kai einame gilyn ir gilinamės, kils vis daugiau klausimų

Žaidimas tarp fizikos ir Dievo yra tikrai linksmas ir įdomus.

Kadaise buvo aparatas, vadinamas teleksu

Vieną dieną naujoji karta suabejos, buvo PCO telefono skambučiui
Teleksas ir faksas, nors ir naudojome, dabar esame nustebinti
Interneto kavinė užmigo mūsų akyse, be jokio įspėjimo
Tačiau priešais kavos kavinę elgetaujantis vargšas vis dar egzistuoja
Didelės kasečių ir CD grotuvų garso dėžutės dabar apleistos namuose
Tačiau garso dėžutės ir viešųjų adresų sistema atlaiko laiką
Tačiau bendravimui internetas, socialinė žiniasklaida yra svarbiausia
Technologijos visada yra geresniam rytojui ir gyvenimo gerinimui
Tačiau tai negali sumažinti vyro ir žmonos skyrybų skaičiaus
Net ir šiuolaikinės civilizacijos viršūnėje egzistuoja skurdas ir badas
Daugelyje šalių daugelio žmonių mąstymas yra neracionalus ir rasistinis
Fizika ir technologijos neturi atsakymo, kaip sustabdyti karą ir nusikalstamumą
Technologijų kūrimas taikiam pasauliui ir brolybės gerinimas yra svarbiausia.

Mano protas

Mano protas niekada neleido man pavydėti
Mano protas niekada neleido man būti bejausmiu
Pyktis ir neapykanta ne mano arbatos puodelis
Geriau pabūsiu vienumoje prie jūros
Visada pirmenybę teikiu ramybei ir ramybei
Vietoj ginčų geriau brolystė
Nuo smurto visada stengiuosi laikytis nuošalyje
Už tiesą ir sąžiningumą esu pasiruošęs mokėti
Korumpuoti žmonės, aš stengiuosi atsiriboti
Aš kenčiu daug nerimo ir įtampos
Norėdami apsaugoti aplinką, neturiu sprendimo
Karas ir tarša man sukelia depresiją
Žmonijos psichikos sveikata blogėja.

Jei Multiverse yra tiesa

Jei multivisata ir paralelinės visatos teorija yra tiesa
Tada yra užuomina apie žmogaus egzistavimą žemėje
Pažangiausia civilizacija galėjo naudoti Žemę kaip kalėjimą
Žmonės yra žiauriausias gyvūnas, tai gali būti priežastis
Blogi geros civilizacijos elementai buvo perkelti į pasaulį
Išsivysčiusi civilizacija tada atsikratė blogo ir blogio raukšlės
Žmonės buvo palikti žemėje džiunglėse su beždžionėmis
Be jokių įrankių ar priemonių blogi žmonės vėl pradėjo gyvenimą
Mirus pirmajai kartai, sena informacija suskaidoma
Naujagimiai pasaulyje turi pradėti savo gyvenimo problemą iš naujo
Nors civilizacija daug judėjo ir progresavo
Dėl blogų žmonių ir nusikaltėlių DNR žmonių visuomenė vis dar pūva
Išsivysčiusi civilizacija niekada neleis žmogui jų pasiekti
Jie žino, kad bloga senųjų protėvių DNR vėl bandys sunaikinti jų vairą.

Trintis

Tik nedaugelis žino, kad trinties koeficientas yra mažas

Be trinties šioje planetoje gyvybė negali atsinaujinti

Gyvybės kūrimas prasideda nuo vyriškų ir moteriškų organų trinties

Per trintį naujagimiai ateina su verkiančiais šūkiais

Be trinties ugnis negalėtų parodyti savo liepsnos

Ugnis pakeitė visą žmogaus civilizacijos žaidimą

Ratai negali judėti į priekį be trinties jėgos

Norint sustabdyti greitai važiuojančią transporto priemonę, trintis yra pagrindinis šaltinis

Jei nėra trinties, jūsų jumbo reaktyvinis lėktuvas nesustos prie kilimo ir tūpimo tako

Pakilti iš naikintuvų bombarduoti miestus bus toli

Proto trintis veda į daugelio epų kūrimą

Kaip ir gravitacija, trintis taip pat yra pagrindinė natūrali jėga

Ego trintis yra pavojinga ir veda į didelį karą

Tai gali sukelti didelį pavojų žmonių civilizacijai

Trintis yra gera ir bloga, priklausomai nuo jos naudojimo

Be trinties gyvybė planetoje išnyks, niekas negalės ja naudotis.

Tai, ką mes žinome, yra niekas

Tai, ką žino fizikai, yra tik ledkalnio viršūnė

Tai, ko fizika nežino, yra tikroji fizika

Tamsioji energija ir tamsioji medžiaga valdo tikrąją dinamiką

Tai, ką mes žinome apie materiją, energiją ir laiką, yra tik pagrindiniai dalykai

Kosmoso riba nežinoma ir iliuzinė

Ar antimedžiaga ir paralelinė visata yra tikros, nežinoma

Prieš kelis tūkstančius metų multivisatos koncepcija buvo išpūsta

Prieš Didįjį sprogimą taip pat buvo galaktikų, kurias dabar žinome

Fizikos pažanga yra labai greita, bet laiko srityje lėta

Visata plečiasi greičiau nei žinome

Turime pripažinti, kad apie visatą ir jos platybes žinome labai mažai.

Artėja geros tiesos dienos

Kai galėsime keliauti greičiau už šviesą
Žmonių civilizacijos ateitis bus šviesi
Iš tolimos planetos, esančios už milijardų šviesmečių
Kas nutiko praeityje, galime lengvai pasakyti
Bus atskleista tikroji Budos, Jėzaus, Mahometo istorija
Niekas netikros religijos vadovėliuose nenugalės
Keliai į tiesą ateityje bus tvirti, o melas niekada nepalaikys
Tiesos, pasitikėjimo ir įsipareigojimo kelią žmonės išlaikys
Blogi žmonės ir nusikaltėliai, pasaulio vyriausybė sulaikys
Jie bus deportuoti į milijardų šviesmečių kalėjimą.

Diferencijavimas ir integracija

Kai mes atskiriame žmogų ir toliau
Pagaliau gauname, kad beždžionė valgo vaisius ant medžių
Bet kai integruojame primityvų žmogų vis ir toliau
Pagaliau gauname Budą, Jėzų ir Einšteiną
Taigi integracija yra svarbesnė už diferenciaciją
Integracija yra kelias tiesos ir problemų sprendimo link
Diferenciacija yra judėjimas atgal ir tada sunaikinimas
Žmogaus genas žino apie natūralią stipriausių atranką
Tačiau norėdami viršenybės ir laimėti nenatūraliai, jie tampa žiauriausi
Manipuliavimas gamta per nenatūralų procesą nėra etiškas
Siekiant ilgalaikio tvarumo, natūralaus proceso pagreitinimas yra įnoringas.

Erelis badaujant

Gyvūnų karalystė kenčia dėl žmogaus intelekto

Dirbtinis intelektas gali bumerangu ir sukurti Frankenšteiną

Žmogus gali tapti savo kūrinio vergu, siekdamas geresnio gyvenimo

Dirbtinio intelekto robotas gali tapti pavojingu peiliu

Koks žmogus nugyvens tris šimtus metų kaip vėžlys?

Bus daugiau niokojama gamta ir nepageidaujamas triukšmas

Tiesiog valgymas ir laiko praleidimas skaitmeniniame virtualiame pasaulyje neturi prasmės

Geriau mirti ir gyventi kaip skaitmeniniai duomenys tinkle kaip signalai

Jei kuri nors pažangi civilizacija užfiksuoja signalus ir juos iššifruoja

Jų tyrimams ir plėtrai gali tikti mūsų smegenų duomenys

Genų inžinerija gali būti tokia pat pavojinga kaip dirbtinis intelektas

Didesnė nelaimė nei COVID19 gali sunaikinti žmones dėl nedidelio aplaidumo

Tačiau žmogaus smegenys ir protas nesustos neatsižvelgę į situaciją

Žmogaus protas-smegenys visada linkusios skraidyti kaip badaujantis erelis.

Mums senstant

Gyvenimo kelionėje, senstant ir senstant
Daug ką reikia ištrinti iš gyvenimo aplanko
Gyvenimo kelionė yra geriausias mokytojas ir daro mus išmintingesnius
Tačiau nešant nereikalingus krovinius, mūsų pečiai tampa silpnesni
Didžioji dalis praeities informacijos neturi jokios vertės
Taigi, geriau ištrinti ir atnaujinti mintis
Pasikeitusiame scenarijuje turime rasti naujų dalykų
Užuot kritikavę žmones, turėtume būti malonūs
Kiekviena diena, kai judame mirties link, yra realybė
Laiko ir energijos švaistymas ginčuose yra tik beprasmybė
Per patirtį, jei nesimokome išminties
Mirties metu mes paliksime nevaisingą karalystę
Greičiau suvokiame gyvenimo tikrovę ir kelionės netikrumą
Galime išvengti bereikalingų kivirčų ir turnyro rūpesčių
Šypsena ir juokas yra svarbesni, kai senstame
Daug naujų galimybių, šypsenos gali lengvai atsiskleisti
Priešingu atveju mūsų istorija nueis į užmarštį ir liks nepasakyta
Kiekvienas senas ir išmintingas žmogus supranta, kad nėra praeities ir ateities
Tas, kuris greitai tai supranta, gali išvengti nepageidaujamų kankinimų gyvenime.

Pamirškite žmogaus sukurtą skyrių

Nesvarbu, ar gyvename vienišoje planetoje, ar multivisatoje

Per milijardus metų gyvybė šioje planetoje atsirado ir klestėjo

Civilizacija atėjo ir civilizacija išnyko dėl savo klaidų

Tačiau dabar dėl visuotinio atšilimo visa planeta patiria nelaimių

Jei aukščiausiasis gyvūnas greitai to nesupras, viskas sugrius

Nors tikslios eigos ir mirties dienos niekas negali numatyti

Jei nejaučiame iš širdies ir nesielgsime, greičiau bus holokaustas

Kartu su daugialypės planetos paieškomis svarbu gesinti gaisrus

Jei aplinkos žlugimas sparčiai judės, technologijos taps bejėgės

Žvelgdama į tolimą horizontą, žmonija neturėtų prarasti artimiausios vizijos

Norėdami išsaugoti planetą, būkite aktyvūs ir pamirškite žmogaus sukeltą padalijimą.

Debesų kompiuterija padarė jį nematomu

Debesų kompiuterija kvantiniu kompiuteriu
Tačiau pristato tas pats vietinis tiekėjas
Jis atvažiavo su savo senu, aptriušusiu furgonu
Imdami iš anksto apmokėtą medžiagą iš portalų jaučiamės smagiai
Anksčiau jam skambindavome per savo telefoną, kuris nebuvo išmanus
Kai jį užsakome, su laba ryta ir šypsena pradeda
Jis naudojo rašiklį ir pieštuką, kad surašytų daiktų sąrašą
Kilus neaiškumams, jis nedelsdamas paskambino pataisyti
Dabar jis yra tik debesų įmonės tvarkymo ir pristatymo agentas
Su klientais jis prarado bendravimą ir harmoniją
Technologijos padarė jį tik į robotą panašiu pristatymo aparatu
Seniems klientams ir lankytojams jis yra tik nematoma nuoroda.

Mes esame virtualūs

Skamba gerai, mes ne tikri, o virtualūs dalykai

Tai, ką matome, jaučiame ir girdime, yra trimatė holograma

Sėklose ir spermoje saugoma tik informacija ir duomenys

Viskas yra užprogramuota kvantinėmis dalelėmis tam tikram terminui

Mūsų pojūčiai nėra užprogramuoti matyti protoną, neutroną ar elektroną

Taip pat mūsų organai nėra užprogramuoti matyti orą, bakterijas ir virusus

Tai, ko negalime jausti savo organais, egzistuoja, bet yra virtualu

Begalinėje visatoje mes taip pat esame ne tikri, o virtualūs kitiems

Holograma užprogramuota taip tobulai, kad manome, kad esame tikri

Taip pat jaučiamės, kai žaidžiame virtualų žaidimą su nežinomais žaidėjais

Mūsų gyvenimo virtualioji realybė mums yra tikroji tikrovė

Ribotas hologramos intelektas yra tikslus

Prireiks milijardų metų, kol žmogaus intelektas atsiskleisti visatai

Iki to laiko visata gali pradėti kelionę atvirkščiai.

Gyvenimo Sąmonė

Gyvybės sąmonė yra DNR, išsilavinimo, tikėjimo ir patirties derinys

Žmogaus sąmonė suteikia žmogui aukštesnį intelektą ir smalsumą

Gyvūnų karalystė įstrigo tame pačiame intelekto ir aktyvumo lygyje, kad išgyventų

Norint išgelbėti gyvūnus nuo bakterijų ir virusų sukeliamų ligų, yra žmonių veikla

Gyvūnai yra labiau pažeidžiami natūralių ligų ir mirties procesų

Tik dėl natūralaus imuniteto ir dauginimosi gyvūnų rūšys išgyvena

Kai išnyko iš žemės, nė viena rūšis niekada neatsikūrė automatiškai

Niekas nežino, kaip ir kodėl žmonės įgijo aukštesnę sąmonę

Išsilavinimas, mokymas ir smalsumas leido žmonijos civilizacijai tobulėti

Skruzdėlės ir bitės išlieka tokios pat, kaip ir prieš penkis tūkstančius metų

Nors jų disciplina, atsidavimas ir socialinis vientisumas stengiasi laikytis

Kiekvienos gyvos būtybės sąmonė yra skirtinga ir unikali

Ši gyvų būtybių įvairovė gali būti integruota per kvantinį susipynimą

Religija tiki, kad viskas yra susipynusi su Dievu

Priimti įsipainiojimą kaip super sąmonės dalį, mokslas nėra nusiteikęs.

Katė išėjo gyva

Katė iš dėžės išėjo gyva ir sveika

Renginyje dalyvavę mokslininkai nuolat plojo

Pamačiusi per daug plojančių žmonių, katė staiga dingo

Katės pusinės eliminacijos laikas ir radioaktyvios medžiagos išgelbėjo katę

Galima lažintis, kad išgelbėjo gyvybę neapibrėžtumo principas

Tikimybė, kad Dievas išgelbės katės gyvybę, yra penkiasdešimt penkiasdešimt

Tai taip pat yra Heisenbergo neapibrėžtumo principas

Nors Stephenas Hawkingas sakė, kad Dievas gali neturėti vaidmens kuriant pasaulį

Tačiau dėl gyvenimo ir įvykių netikrumo, Dievo buvimo atsiskleidžia žmogaus protas

Nebent įkalintume katę į narvą ir puikiai nuspėtume jo ateitį

Mokslas nepajėgs įkalinti Dievo ir gamtos netikrumo.

Didysis barjeras

Dėmesys yra pagrindinis išgyvenimo instinktas
Medžiotojas negali nužudyti savo maldos nesusikaupęs
Kriketo žaidėjai sutelkia dėmesį į kamuolį ir lazdą
Futbolininkai sutelkia dėmesį į kamuolį ir tinklą
Kasdieniame gyvenime dėmesys nėra sudėtinga užduotis
Tie, kurie įvaldo meną, greitai progresuoja
Jaunas berniukas gali lengvai sutelkti dėmesį į gražią merginą
Tačiau sunku išvesti diferencialinę lygtį
Norint įgyti matematikos meistriškumą, sprendimas yra dėmesys
Fokusas gali sutelkti saulės šviesą, kad uždegtų ugnį ant popieriaus
Praktika padaro susikaupimą tobulą, o rezultatus – protingesnius
Gyvenime nesugebėjimas susikaupti ir susikaupti yra didelis barjeras.

Gyvenimas nėra rožių lova, bet yra saulė

Svajojame, tikimės ir tikimės, kad gyvenimas bus rožių lova

Kelias, kuriuo einame, turi būti lygus ir auksinis

Tačiau tikrovė yra visiškai kitokia, sudėtinga ir iliuzija

Mūsų egzistavimas yra dėl atomo nestabilumo

Kad taptų molekulėmis, kiekvieną akimirką jos susijungia

netikrumas yra neatsiejama mūsų gyvenimo dalis kiekviename žingsnyje

Rožių lysvė įmanoma tik pasakose

Mūsų gyvenimas yra priverstas judėti nelygiais keliais

Raudona lemputė gali užsidegti pačiu netinkamiausiu metu

Jei bandysime paskubėti, nežinomos jėgos skirs baudą

Net ir gyvenimo netikrume yra saulė

Gyvenimo kelionė kupina galimybių, sėkmės, lemia tavo gebėjimai.

Aukščiausias gyvūnas

Kaip bus gyvenimas paralelinėje visatoje, yra didelis klausimas

Nebent žmogus gali atlikti teleportaciją, nėra tobulo sprendimo

Iki šiol negalime rasti tikslios dingusio Malaizijos skrydžio vietos

Papasakoti apie tikslią gyvybės formą neapsilankius egzoplanetoje nėra teisinga

Tai, ką pasakys mokslininkai, liks kaip hipnozė, kol mes juos aplankysime

Jų gyvenime ir valdant fizinius dalykus gali būti skirtinga sfera

Žinoma, jie gali nevaikščioti ant galvos ir valgyti per asilą

Tačiau be stebėjimo iš arti tikrovė niekada neatsiskleis

Pažangios paralelinės visatos būtybės gali gyventi po tam tikru skysčiu

Ten gali viešpatauti vaikiškų istorijų undinės gyvybės būtybės

Galimybė sužinoti viską nuo žemės per signalus yra reta

Nebent tyrinėtume kiekvieną begalinio kosmoso užkampį ir kampelius

Teigdami žmones, visatos valdovai yra hipotezė kaip samanos.

O" Mokslininkai, mieli mokslininkai

Visata yra gražiai išausta ir tobula

Gyvenimas ir mirtis yra gražaus jo ciklo dalis

Nepadarykite žmonių nemirtingų pasitelkdami genų inžineriją

Žmogus jau sugriovė ekologinę žemės pusiausvyrą

Gyvų būtybių biologinė įvairovė yra neatsiejama dalis

Praėjo milijardai metų ir labai lėta raida

Dėl dinozaurų ir daugelio kitų išnykimo

Žmonių gyvybė dabar klesti vienišoje planetoje

Prieš nemirtingumą per genetiką ir dirbtinį intelektą

Vėžio ir genetinių ligų gydymas yra svarbesnis

Prieš kelis tūkstančius metų išminčiai bandė nemirtingumą

Tačiau atsisakė tai bandyti, suprasdamas jo pavojų ir beprasmybę

Jei žmonės taps nemirtingi, kas nutiks kitiems gyvenimams

Dažnos traumos naminių gyvūnėlių mirties atveju bus vienodai skausmingos

Ilgainiui, nepakeitus nuomonės, nemirtingumas bus žalingas.

Žmogaus emocijos ir kvantinė fizika

Meilė ir tikėjimas nesilaiko logikos
Žmogaus gyvenime abu yra pagrindiniai
Mūsų gyvenime labai svarbi muzika
Pojūčiai ateina per geną yra būdingi
Tačiau visam gyvenimui atomų derinys yra organinis
Tai, kad pagrindinės dalelės iš tikrųjų yra esminės, diskutuotina
Stygų teorija teigia, kad vibracija yra tikroji forma
Kvantinis susipainiojimas yra tikrai baisus dalykas
Dabar kvantinė mechanika suteikia naujų galimybių
Tačiau žmogaus emocijos ir sąmonė skirtingai dainuojame.

Kas atsitiks originalumui ir sąmoningumui?

Šiame pasaulyje aš galiu neturėti jokio tikslo ar priežasties

Galbūt gyvenu imituotą gyvenimą virtualiame kalėjime

Bet aš turiu savo sąmonę ir originalumą

Jau dirbtinis intelektas pažeidė mano mąstymo procesą

Mano mąstymo originalumas yra sąstingis ir nuosmukis

Jei mano intelektas ir sąmonė taps pavaldūs

Tikrai prarasiu savo, kaip sąmoningos koordinatės, poziciją

Jau atsibodo gyventi be tikslo, be krypties planetoje

Joks mokslas ar filosofija negali paaiškinti, kodėl ir kokiu tikslu atėjome

Turime manyti, savavališka vizija, misija ir tikslas

Su dirbtiniu intelektu ir nemirtingumu tai taip pat bus bergždžia

Nežinau, koks bus gyvenimo apibrėžimas, kai gyvenimas neliks trapus.

Kai baigiasi Visatos plėtimasis

Ar visatos plėtimasis tęsis be galo?
Arba vieną dieną ji nustos plėstis staigiau
Ar laikas praras judėjimą į priekį ir sustos
Arba dėl impulso pradės važiuoti priešinga kryptimi
Kaip juokinga žmonėms bus gyvenimas Žemės planetoje
Žmonės kremavimo aikštelėse gims kaip seni
Iš ugnies juos pasitiks šeima ir draugai
Vietoj liūdesio vietos kapinės bus šventės vieta
Pamažu seni žmonės vis jaunės
Ir vėl vieną dieną jie taps sperma, o motinos įsčiose išnyks amžiams
Visos planetos ir žvaigždės vėl susilies į singuliarumą
Bet tada nebeliks fizikos ir laiko paaiškinti viską.

Pertvarkymas

Gamta atlieka nuolatinę inžineriją ir pertvarkymą
Tai yra integruotas kūrimo ir gamtos procesas
Netgi evoliucijos procese geresnėms rūšims tai gyvybiškai svarbu
Be pertvarkymo geriausio produkto nebus
Taigi, norint pažangos ir tobulėti, būtina pertvarkyti
Žmogaus smegenys taip pat nuolat pertvarko mąstymo procesą
Mes mokomės, neišmokstame ir vėl mokomės, kai tiesa nustatoma
Kol pagaminsime geriausią arba rasime tiesą, pertvarkymas tęsiamas
Taip gamta pasiekė geriausią dinaminę pusiausvyrą
Pertvarkymas ir evoliucija yra nenutrūkstami kaip švytuoklė.

Higgso bosonas, Dievo dalelė

Atrastas Higgsas Bosonas per daug sujaudino mokslininkų bendruomenę

Tačiau pasaulyje Dievas ir jo pasiuntiniai liko tokie

Dievu ir pranašais žmonės vis dar turi begalinį tikėjimą ir pasitikėjimą;

Pagrindinės dalelės buvo savo vietose nuo seniausių laikų

Taigi, tikintiesiems, nepaisant Higgso bozono atradimo, viskas taip pat

Pasaulinio karo ir Nagasakio bombardavimo atveju tikintysis mano, kad tai amžinas Dievo žaidimas

Netikintis žmogus teigia, kad bomba būtų sukūrusi liepsną, nepaisant Dievo ar jokio Dievo

Dėl pasaulinio karo ir sunaikinimo kaltas žmogaus ego ir požiūris

Tikintieji davė tiek daug vardų Dievui įvairiose pasaulio vietose

Tačiau mokslininkai atskleidžia Higgso bozoną, turintį tik vieną pavadinimą.

Senis ir kvantinis susipynimas

Ačiū Dievui, tai buvo žuvis, o ne krokodilas, Godzila ar anakonda

Tai būtų buvę įmanoma pagal kvantinę tikimybę ir įsipainiojimą

Tuomet neapibrėžtumo principas senam žmogui būtų įkėlęs į pilvą

Jo valtis buvo per maža ir trapi, kad išgyventų nežinioje

Hemingvėjaus romanas laimėjo prizą, nes tai buvo žuvis ir už jo kūrybiškumą

Tačiau netikrumas ir kvantinis susipainiojimas nustūmė prizo laimėtoją į mirtį

Netgi atradus Dievo dalelę, šioje planetoje mirtis yra galutinė tiesa

Kelios civilizacijos nuėjo į užmarštį, net nepažinodamos gravitacijos ir reliatyvumo

Žmonės dabar tyliai naudoja kvantines programėles, nežinodami apie įsipainiojimą

Žinių lygis, žinojimas ir nežinojimas yra skirtumas tarp civilizacijų

Pusė žinių ir biologinis intelektas taip pat gali nukreipti žmonių rasę į sunaikinimą.

Ką žmonės darys?

Ar Žemėje reikia daugiau nei aštuonių milijardų homo-sapiens?

Jau trečiojo pasaulio šalys yra perpildytos pusiau raštingų žmonių

Azijos miestuose niekas negali patogiai vaikščioti, važiuoti dviračiu, vairuoti ar judėti

Atotrūkis tarp „buvo" ir „nebuvo" kasdien didėja

Vardan religijos sukuriama jauna darbo jėga, be gimstamumo kontrolės

Nedarbas, nusivylimas ir nusivylimas aplinkui

Skaitmeninės spragos paskatino dalį gyventi nežmoniškomis sąlygomis

Nepalankioje padėtyje gyvenantiems žmonėms gyvenimas reiškia likimą ir Dievo maldą pasigailėjimo

Padidėjęs savižudybių skaičius tarp beviltiško jaunimo yra didžiausias

Dabar su dirbtiniu intelektu panaikiname vis daugiau darbo vietų

Taip pat ir žemės ūkyje žmonės pamažu praranda viltį dėl geresnės ateities

To, ką pasaulyje darys nedirbantys ir bedarbiai, klausti nėra nesąžininga.

Kosmoso laikas

Laikas yra reliatyvus, jau nustatytas faktas ir realybė

Erdvė yra begalinė, visata plečiasi be jokio pasipriešinimo

Erdvės ir laiko santykyje svarbi ir gravitacinė jėga,

Šviesos greitis yra laiko barjeras, ir tokiu greičiu laikas gali sustoti

Visa erdvė-laiko, materijos-energijos, gravitacijos-elektromagnetizmo samprata gali sugriauti,

Niutonas Einšteinui buvo didelis šuolis fizikos studijose

Kvantinis susipynimas dabar pakeičia daugelį pagrindinių dalykų,

Kelionės laiku ir teleportacija nebėra mokslinės fantastikos istorija

Dirbtinis intelektas netrukus nustatys, kad tai įvyks nauja kryptimi

Žmonės gali netrukus susitikti su Jėzumi ir Buda per atostogas keliaudami laiku.

Nestabili visata

Po Didžiojo sprogimo elementarios dalelės sujudinamos
Būdami pilni energijos po sprogimo, jie susijaudinę
Atsirandančios dalelės yra nestabilios ir negali ilgai išgyventi
Taigi, susijungus, jie susidarė protonai, neutronai ir elektronai
Kartu jie sukūrė mini saulės atomų sistemą, kuri tapo stabili
Tačiau norint išlikti stabiliems, dauguma naujai susidariusių atomų negalėjo
Atomai susijungė skirtingomis proporcijomis ir tapo molekulėmis
Dėl dalykų saulės sistema tapo dinamiškai stabili
Prireikė milijonų metų, kad atomai suformuotų biomolekules
Anglis, vandenilis, deguonis, azotas, geležis padarė biologinę gyvybę įmanoma
Vis dėlto nesame tikri, iš tikrųjų esame atomų ar vibruojančių bangų derinys
Pagrindinės dalelės iš tikrųjų gali būti Dievo stygos vibracija.

Reliatyvumas

Reliatyvumas yra gamtos savybė, kai buvo sukurtos galaktikos

Prieš Didįjį sprogimą ir po jo taip pat visada egzistavo reliatyvumas

Nieko visatoje ir tikrovėje nėra absoliutaus ir pastovaus

Mokslo, filosofijos ir psichologijos teorijos kartais nesutampa

Norint egzistuoti tikrovės ir reliatyvumo buvimas, svarbus stebėtojas

Žmonės jau seniai žinojo reliatyvumą ne matematiniu formatu

Istorija apie tiesios linijos sutrumpinimą neliečiant nėra jauna

Religiniai tekstai ir filosofija reliatyvumą aiškino skirtingai

Einšteinas tai išdėstė žmonijai ir mokslui per lygtis ir matematiškai

Gyvenimas, mirtis, dabartis, praeitis, ateitis yra santykiniai ir žinomi žmogaus instinktu

Žmogaus smegenų ir civilizacijos reliatyvumo samprata yra pagrindinis veiksnys.

Kas yra laikas

Ar laikas tikrai egzistuoja žmogaus gyvenimo srityje?

O gal tai tik žmogaus smegenų iliuzija suvokti tikrovę?

Ar yra laiko rodyklė, kuri juda šviesos greičiu?

Ar praeitis, dabartis ir ateitis yra tik sąvoka, paaiškinanti egzistenciją?

Kosmose nėra vienodo laiko ir visur laikas yra santykinis

Materija ir energija yra tik tikrovė, kuri pasireiškia tikrąja prasme

Abejonės visada kyla dėl laiko, sielos ir Dievo egzistavimo

Laiko matavimas gali būti savavališkas, pavyzdžiui, ilgio ir svorio vienetas

Laiko rodyklė iš praeities į dabartį į ateitį gali būti neteisinga

Laikas gali būti tik vienetas medžiagos ir energijos konversijai, augimui ir skilimui matuoti

Kas yra laikas, su patvirtinimu negali pasakyti net išsilavinę mokslininkai.

Didelis mąstymas

Žmonės sako, kad galvok dideli, galvok plačiai, tu tapsi didelis

Bet galvodamas apie dideles, dideles ir dideles, tampu stebėtinai mažas

Reliatyvistiniame pasaulyje mano egzistavimas tampa nereikšmingas

Aš net nereikšmingas savo vietovėje, yra gyvenimo realybė

Mano mieste, mano rajone, mano valstijoje ir mano šalyje didėja nereikšmingumas

Kai matau pasaulio lygmeniu, mano egzistencija net tampa niekuo

Saulės sistemoje, galaktikoje, Paukščių Take ir Kosmose, kas aš esu, jokio atsakymo

Vienintelė realybė yra ta, kad aš gyvas ir šiandien egzistuoju savo namuose su šeima

Jokios vertės, jokios reikšmės ir būtinybės nei pasauliui, nei žmonijai

Vienakryptę beprasmišką kelionę, vadinamą gyvenimu, savaip turiu rasti

Kai baigsiu savo kelionę, žmonės ir toliau judės per mano kūną

Esame tokie maži ir nematomi tarp aštuonių milijardų, kad ką jau kalbėti išdidžiai.

Gamta sumokėjo kainą už savo evoliucijos procesą

Gamta už evoliucijos procesą sumokėjo didelę kainą

Iki homo-sapiens pasirodymo gyvūnams niekas nebuvo iliuzija

Medžiai, gyvoji karalystė gyveno laimingai, neieškodami jokio sprendimo

Gauti pakankamai maisto, gero vandens ir oro buvo jų pasitenkinimas

Ekologinė pusiausvyra turi savo nuomonę procese, o ne piniginis sandoris;

Žmogaus atėjimas į evoliucijos procesą viską pakeitė

Gamta turi stengtis kiekvieną akimirką, kad išsaugotų savo esmę ir pusiausvyrą

Žmogus keitė kalvas, upes, įlankas, paplūdimį, pakrantės linijas, kad būtų patogu

Tačiau norėdami išlaikyti motinos gamtos pusiausvyrą su jos evoliucija, niekada nepalaikykite

Vardan civilizacijos ir pažangos žmogus gamtoje viską iškraipo.

Žemės diena

Žemės planeta yra graži ne todėl, kad ji sudaryta iš anglies, vandenilio ir deguonies

Tai gražu dėl gamtos evoliucijos ir intelekto

Gyvybės sukūrimas iš mažyčių atomų vis dar yra didelė paslaptis

Niekas nežino, ar gyvybė yra reiškinys tik šioje galaktikos planetoje

Arba gyvybė iš kitur į šią planetą atkeliavo kaip paveldima

Gyvenimo grožis slypi jo įvairovėje ir ekosistemoje

Žmogaus sugriaunama trapi pusiausvyra matoma ir ne retai

Žmonės mano, kad dėl intelekto žemė yra jų valdovė

Gyventi kartu su kitomis rūšimis homo-sapiens neturi išminties

Žemės dienos minėjimas kelias valandas yra žmogaus akių praplovimas ir veiksmas atsitiktinis.

Pasaulinė knygos diena

Spaustuvė buvo proveržis

Tokio dydžio kaip kompiuteris, išmanusis telefonas ir internetas

Spauda pakeitė civilizacijos kursą skleisdama žinias

Knygos buvo kaip šių dienų internetas

Knygos vaidino gyvybiškai svarbų vaidmenį skleidžiant žinias kaip saulės spinduliai;

Naujos technologijos daro didžiulį spaudimą knygoms

Tačiau knygos atlaiko visų garso ir vaizdo priemonių puolimą

Dvidešimt pirmame amžiuje knygos taip pat yra turto priemoka

Knygų svarba gali nusileisti iki skaitmeninio formato ir dirbtinio intelekto

Tačiau besivystant civilizacijai ir žinioms, knygos išsaugos savo poziciją.

Būkime laimingi pereinamuoju laikotarpiu

Kai Saulė pritemsta ir branduolių sintezė baigiasi amžiams

Ką dirbtinio intelekto būtybės veiks Žemės planetoje

Jų irimas ir nuosmukis taip pat prasidės automatiškai

Kaip dirbtinio intelekto būtybės įkraus savo baterijas be saulės energijos

Kad gautų mažai pinigų, jie bėgs kaip gatvės šuo ir bus alkani

Žmonės gali išnykti dar gerokai prieš užtemstant saulei

AI būtybės vienos turi susidurti su reiškiniu ir pasijuokti;

Jei kokie nors dideli asteroidai atsitrenktų į žemę prieš saulei užtemstant

Sunaikinimas įvyks kartu, žmogus, AI ir visa gyva būtybė

AI būtybių išgyvenimas po asteroido smūgio taip pat yra menkas

Savo ruožtu gamta vėl imsis

Per evoliuciją vėl atsiras naujas gyvas organizmas

Norint sukurti geresnį naują pasaulį, tai tikrai bus geriausias gamtos sprendimas

Kol šie dalykai įvyks, džiaukimės ir būkime laimingi pereinamuoju laikotarpiu.

Stebėtojas yra svarbus

Kvantiniame susipynime stebėtojas yra svarbiausias

Dvigubo plyšio eksperimentas parodė, kad elektronai elgėsi kitaip, jei buvo stebimi

Reliatyvistiniame ir kvantiniame pasaulyje be stebėtojo nėra įvykio prasmės

Taigi, stebėkite ir pajuskite egzistenciją ir tikrovę, aš esu centras man

Tas pats tinka ir rūšiai, ir vabzdžiams, mintantiems medžiu

Be mano sąmonės, nesvarbu, ar visata egzistuoja, ar ne

Žmogus be sąmonės, nors ir gyvas, nieko prasmingo negalime išbandyti

Kvantinio susipynimo priežasties iki šiol negali paaiškinti joks mokslininkas

Tačiau visatoje ir kosmose viskas susipynė per nematomą grandinę

Gravitacijos, elektromagnetizmo, branduolinių jėgų, materijos-energijos suvienijimas gali būti Dievo smegenys.

Pakankamai laiko

Jėzus, karalius Saliamonas ir Aleksandras turėjo pakankamai laiko

Per tą laiką jie daug pasiekė ir laiku paliko pėdsakus

Dauguma žmonių yra per daug užsiėmę kainų lenktynėmis ir neturi laiko

Kai kurie žmonės mano, kad yra nemirtingi, ir ateityje jiems pasiseks

Labai mažai žmonių žino, kad begalinis laikas yra savotiška

Mokslas taip pat kartais glumina, kas iš tikrųjų yra ar iš tikrųjų juda laikas

Arba tai tarsi gravitacinės jėgos, netekdamos kitos dimensijos

Erdvė, laikas, materija ir energija yra svarbūs, bet laikas yra nemokamas

Tačiau norėdami nusipirkti net nedidelį butą mieste, turite sumokėti nemažą mokestį

Jau turite laiko būti Vivekananda, Mocartu, Ramanujanu ar Bruce'u Lee.

Vienatvė nėra blogai visą laiką

Kartais vienatvėje galime mąstyti giliau
Tai padeda sutelkti dėmesį į proto švarą
Esant nepageidaujamoms minioms, protas jaučia mieguistumą
Tačiau kai kuriems vienatvė gali sukelti tinginystę
Kai kuriems tai taip pat gali sukelti regėjimo miglotumą;
Naudokite vienatvę kaip savistabos įrankį
Vienatvė būtina ir meditacijai
Jei susikoncentruosite, tai padės išspręsti sudėtingas problemas
Būdami vienas, niekada nebandykite jokių vaistų ar sedacijos
Geriau išeiti su draugais, geresnis vaistas
Išnaudokite vienatvę susikaupimui ir naujai krypčiai.

Aš prieš dirbtinį intelektą

Tai, ką aš žinau, nėra mano pagrindinės žinios

Nei aš sugalvojau abėcėlę, nei skaičių

Kalba, kurią moku, nėra sukurta mano smegenų funkcijų

Ugnis, ratas ar kompiuteris taip pat nėra mano išradimas

Viskas, ką įsigijau, atėjo iš kitų

Bendravimas taip pat perimamas iš tėčio, mamos ir artimųjų

Mano smegenys tik saugo informaciją kaip kompiuterio standusis diskas

Tarp manęs ir dirbtinio intelekto žinių yra tik didžiulis skirtumas

Išskirtinis skirtumas yra mano sąmoningumas ir originalumas

Ir išmintis, kurią sukaupiau per nuolatinį pozityvumą.

Etinis klausimas

Kiekvienoje pažangos kryžkelėje visada keldavome etikos klausimus

Nesvarbu, ar tai buvo abortas, ar kūdikis su mėgintuvėliu, ar naujos gyvybės klounada

Nebuvo jokių etinių problemų žudyti žmones karuose dėl smulkmenų

Jokia etinė problema išskersti tūkstančius žmonių religijos vardu

Tačiau siekiant proveržio mokslo ir technikos raidos, ateina etika

Dėl savo prieštaravimų ir neetiškų veiksmų visos religijos yra kvailos

Manoma, kad kompiuteriai, robotai ir internetas kelia grėsmę darbo jėgai

Bet galiausiai visa tai tapo spartesnio vystymosi ir efektyvumo šaltiniu

Dabar abejojama dirbtiniu intelektu ir nemirtingumu per genetiką

Po dviejų ar trijų dešimtmečių visi sakys, kad dirbtinis intelektas nėra blogas dalykas.

Nežinau

Aš judu vis greičiau ir greičiau, nežinodamas, kodėl judu

Žinojau tik tai, kad senstu kiekvieną minutę ir mirštu diena iš dienos

Nežinau, iš kur atėjau nežinodamas ir dabar einu

Juodojoje dėžėje turiu ribotas žinias ir informaciją

Už dėžutės ribų niekas nežino, kas iš tikrųjų vyksta

Nei mokslas, nei religija neturi įtikinamų įrodymų

Tačiau pagrindinis gyvenimo instinktas privertė mane judėti greičiau ir greičiau

Kelionė gali sustoti bet kurią akimirką be išankstinio įspėjimo

Arba aš galiu būti priverstas judėti septyniasdešimt, aštuoniasdešimt ar šimtą metų

Bet galiausiai kelionė bus baigta vienišose kapinėse.

Žinau, buvau geriausias žiurkių lenktynėse

Žinau, buvau geriausias plaukikas ir perplaukiau vandenyną

Tarp milijonų aš buvau stipriausias ir galingiausias

Taigi šiandien pagal lenktynininkų matuoklį man sekasi

Žiurkių lenktynės prasidėjo anksčiau nei aš pamačiau šviesą šiame pasaulyje

Štai kodėl žiurkių lenktynės paprastai yra sujungtos su žmonėmis

Kiekvienas, kuris nepatenka į žiurkių rasę, žmonės nemąsto drąsiai

Žmonės išdidžiai pasakojo apie žiurkių lenktynių nugalėtojų sėkmės istorijas

Tačiau yra keletas skirtingų istorijų, tokių kaip Buda ir Jėzus

Štai kodėl jie yra kitos klasės antžmogiai

Jie yra žmonijos ir žiurkių lenktynių masės mesijas.

Sukurkite savo ateitį

Niekas nekurs mano ateities
Šiandien turiu ją sukurti darbu
Nors ateitis yra neaiški ir nenuspėjama
Sukurti rytojaus pagrindą paprasta
Jei šiandien sunkiai dirbsime dėl savo misijos ir tikslo
Rytoj bus daugiau galimybių
Diena po rytojaus visada reikia tęstinumo
Tepadeda Dievas tiems, kurie sau padeda ne virtualiai
Kai ateis ateitis, pajusite, tai tikra
Taigi, šiandien kurkite savo ateitį linksmai ir uoliai.

Nepaisyti matmenys

Kaip gyvos būtybės, mums labiau rūpi šviesa, garsas ir šiluma

Mažiau jaudinosi dėl elektromagnetizmo, gravitacijos, stiprių ir silpnų branduolinių jėgų

Žmonės meldžiasi saulės, nes ji yra pagrindinis energijos šaltinis

Garbindami upes ir lietų Dievą, žmonės parodo materijos svarbą

Tačiau tarp visų dimensijų erdvė ir laikas išlieka plokštesni

Pagrindinės keturios jėgos buvo nepaprastos primityviems žmonėms

Priešingu atveju jų garbinimas ir maldos būtų buvę tinkami ir geresni

Daugumoje kultūrų yra Dievas ir materijos bei energijos deivė

Tačiau nėra Dievo ar deivės svarbiausiems erdvės ir laiko matmenims

Nors gyvų būtybių egzistavimui abu matmenys yra svarbiausi.

Mes prisimenam

Prisimename visus blogus gyvenimo įvykius
Šiuo klausimu žmonės yra geresni ir ekspertai
Labai mažai kas pastebi mūsų gerąsias savybes ir dorybes
Net mes patys pamiršome savo gerus prisiminimus
Atmintis yra labiau užimta prisimindama senas tragedijas
Žmonės taip pat nevertina kitų iš pavydo
Taigi, pažinti ir mokytis iš sėkmingų kaimynų nėra smalsumo
Bet mes džiaugėmės kitų žmonių klaidomis
Blogas žinias žmonės išplatino labai greitai ir laimingai
Niekada nemačiau žmogaus, kuris apkalbinėja kitų savybes
Žmogaus protas visada linkęs sugrąžinti praeities neatitikimus
Paleisti blogus dalykus ir blogus prisiminimus yra sunki užduotis
Dėl laimės, ramybės ir sėkmės būtina ištrinti blogus prisiminimus.

Laisva valia

Net jei ką nors veikiame sąmoningu protu ir laisva valia
Rezultatas ar rezultatas neaiškus ir gali būti ne toks, kokio norima
Štai kodėl induizmas sako, kad niekada nesitikėk darbo vaisiaus
Tiesiog darykite tai laisva valia ir efektyviai su atsidavimu
Konkretaus rezultato tikėjimasis praskiedžia laisvos valios ryžtą;
Prieš pasodinant medį, gali kilti pagunda dėl vaisių
Tačiau valia ir noras sodinti turi būti sąmoningi ir laisvi
Jei per daug galvojate apie audras, kurios gali sunaikinti sodinuką
Turint omenyje jūsų neapibrėžtą gyvenimą, jūsų protas nustos kasti
Netgi laisvą valią taip pat valdo slypintis netikrumas
Kartais tai vadiname likimu, kartais likimu
Tačiau be veiksmų ir darbo pralaimėjimą priimate užtikrintai.

Rytoj – Tik viltis

Niekas nežino, kas bus rytoj

Jei aš negyvas, mažai veidų išreikš liūdesį

Kiti sakys, ilsėkitės ramybėje

Niekas nepasiges, išskyrus tavo paties kraują

Gyvenimo realybė labai paprasta ir aiški

Nebijok mirti ir atsisveikinti

Paskutinė gyvenimo dovana yra ne turtas, o mirtis

Vieną dieną visi mano draugai ir pažįstami mirs

Išsaugoti juos amžinai bus beprasmiškas jūsų bandymas

Gimimo metu, žinant tiesą, vaikas verkia.

Gimimas ir mirtis įvykių horizonte

Mano gimtadienis nebuvo įvykis pasaulyje, nekalbu apie galaktikas

Netgi gimimas Buda, Jėzus, Mahometas nebuvo įvykis gimus

Mano mirtis taip pat bus tokia pat nereikšminga, kaip ir mano gimimas

Nei Asamas, nei Indija, nei Azija nesustos, nei Amerika sulėtės

Net pasaulis juda kaip įprasta, mirus Dianai ir britų karūnoms

Nesigailėsiu nei dėl gimimo, nei dėl mirties

Kaip vandenyno potvyniai, atėjome ir po kelių akimirkų išeiname

Takai, pėdsakai lieka tik artimųjų galvoje

Ten, kur tie stebėtojai taip pat išvyksta, įvykių horizonte nėra

Nesitikėkite, kad kvantinė ir paralelinė visata suteiks gyvenimui geresnį vaizdą

Galutinis žaidimas

Išgirdau didžiausią Didžiojo sprogimo garsą ir ryškiausią šviesą

Tai buvo naujo gyvenimo pradžia, verkiančio vaiko gimimas

Stebėtojas yra svarbus, kaip įrodė dvigubo plyšio eksperimentas

Be stebėtojų egzistavimo, naujagimiui Didysis sprogimas nėra tinkamas

Naujagimio gimimas mamai toks pat svarbus kaip Didysis sprogimas

„Vaikas yra vyro tėvas" yra populiaresnis visur

Didysis sprogimas niekada nebūtų buvęs paaiškintas be stebėtojo

Kiekvienai teorijai ar hipotezei turi būti stebintis tėvas

Materijos energijos konversija ir atvirkščiai prasidėjo prieš atvykstant homo sapiens

Perėjimas iš vienos formos į kitą yra didžiausias gamtos žaidimas.

Laikas, paslaptinga iliuzija

Praeitis ir ateitis visada yra iliuzija
Praeitis yra ne kas kita, kaip laiko praskiedimas
Ateitis yra tik laiko laukimas
Dabartis yra su mumis tik dėl sprendimo
Jei nesiimsime veiksmų, tai išnyks be užuominų;
Laikas neturi impulso, kai žvilgčiojame į praeitį
Nors praeities sritis ir istorija yra labai plati
Negalime žiūrėti į ateitį, tai kaip gali būti pagreitis
Dabartinis momentas yra tik mūsų rankose, visada optimalus
Praeitį, dabartį ir ateitį stebime per dalelių kvantą.

Dievas nesipriešina savo valiai

Žudymas vardan tautos, religija nelaikoma nusikaltimu ar nuodėme

Tada kaip savęs žudymą religijos vardu galima pavadinti blogu

Nėra įrodymų, kad žmonės, kurie nusižudo, yra nuodėmingi

Kad kas nors atsikratytų skausmo ir kančios, savęs žudymas gali būti naudingas

Kai Jėzus buvo nukryžiuotas, jis meldėsi už neišmanančius žmones

Iš skausmo ir kančios, jei paliksi pasaulį, problemų neturėtų kilti

Po mirties šis pasaulis mirusiems yra nereikšmingas

Tik kartais artimiems ir brangiems žmonėms bus liūdna

Jeigu žudymas savigynai nelaikomas nusikaltimu

Savęs žudymas siekiant apsiginti nuo skausmų ir kančių turėtų būti gerai

Patogumo dėlei mirties negalime matuoti skirtingais kriterijais

Jei subrendęs suaugęs žmogus miršta iš savo valios, Dievas neturi jokios priežasties pasipriešinti.

Geras ir blogas

Būtinybė yra išradingumo motina
Su kiekvienu išradimu reikia būti atsargiems
Vaikščiojimas ir bėgimas yra naudingi sveikatai
Per sporto sales kai kurie žmonės kuria turtus
Dviratis atėjo į civilizaciją, kad galėtų greičiau judėti
Žmonės stebėjosi, kaip jis juda dviem ratais
Per trumpą laiką dviračiai neliko tokiais stebuklais
Devynioliktame amžiuje turėti dviratį buvo pasididžiavimas
Šiais laikais dviračiai laikomi prastu vyrų pasivažinėjimu
Automobilis ir motociklas nustūmė dviratį į užpakalinę sceną
Bet kaip sveiką transporto priemonę, tai savo poziciją, dviratį vis tiek tvarko
Jokio kuro, jokios taršos, nereikia automobilių stovėjimo vietų
Perpildytose vietose dabar vėl skatinamas dviratis
Nesant nulinės anglies emisijos, tai buvo puikus išradimas žmonijai
Didesnis naudojimasis dviračiais padės pagerinti oro kokybę
Plastikas yra geras dėl lengvo svorio ir nedūžtantis
Tačiau gamtoje plastikas ir polietilenas nėra biologiškai skaidūs
Polietilenas ir plastikas nuliūdino natūralius vandens telkinius
Polietileno radimas jūros gyvūnų skrandyje yra baisus
Stiklas yra geras, bet trapus ir stambus nešioti
Štai kodėl plastikas gali lengvai pavogti istoriją
Greitas maistas yra blogas, bet be polietileno jis negali judėti
Be plastiko, lėktuvų ir automobilių pramonė neturi vilties

Polietilenas ir plastikas mums suteikė pigias pirštines Covid19 laikotarpiu

Priešingu atveju mirtis būtų palietusi kitą rekordą

Geroji ir blogoji kiekvieno išradimo ir atradimo pusės

Protingas požiūris ir optimalus naudojimas yra neišvengiama būtinybė.

Žmonės vertina tik keletą kategorijų

Niekas tavęs neatpažins, jei nebūsi geras dainininkas
Jūs nebūsite žinomas, nebent būsite aktorius ar atlikėjas
Žmonės neklausys jūsų geros nuomonės, nebent esate politikas
Kai kurie žmonės eis ir pamatys tave, jei esi magas
Net jei kvailioji žmones vardan Dievo ir religijos, tu esi puikus
Jokio pripažinimo už sunkų darbą ir sąžiningumą
Būsite dėkingi, jei mokėsite geriau žaisti futbolą ar kriketą
Geri autoriai ir poetai, keli stropūs žmonės tik prisimena
Net jei visą gyvenimą dirbote žmonėms, tai vargu ar svarbu
Tu vieną dieną mirsi kaip sunkiai besiverčiančios avilio bitės
Kartais jūsų gali neprisiminti net jūsų gyvenimo partneris.

Technologija geresniam rytojui

Technologijos visada yra geresniam rytojui ir ateičiai

Kartu su religija, technologijos formuoja ir kultūrą

Religija, kultūra, technologijos ir ekonomika dabar yra koloidinis mišinys

Be technologijų civilizacijos struktūra bus per silpna

Žmonijos pažanga bus neįmanoma judėti toliau

Tačiau technologija visada yra dviašmenis kardas

Kai kurie sakiniai turi dvejopą reikšmę – gerą ar blogą, kaip mes interpretuojame žodį

Ginklas, dinamitas, branduolinės bombos įrodė, kad technologija gali būti pavojinga

Valdovai ir karaliai visada piktnaudžiaudavo jais, įsiutdami

Racionalumas ir išmintis, žmogus turi išmokti valdyti technologijas

Tačiau iki šiol žmogaus DNR įgavo ego ir ginčų mentalitetą

Technologijų naudojimas ego, pavydui, godumui patenkinti civilizaciją visiškai sunaikins.

Dirbtinio ir natūralaus intelekto sintezė

Dirbtinio intelekto susiliejimas su biologiniu intelektu gali būti pavojingas

Žmonijai sąmonės įgijimas AI būdu ateityje gali turėti rimtų pasekmių

Natūralaus intelekto išsaugojimas biologinei įvairovei yra vertingas dalykas

Dirbtinio ir natūralaus intelekto susiliejimas pakeis evoliucijos kelią

Naikinimo procesas paspartės ir tada nebus sprendimo;

Dirbtinis intelektas nepajėgs išnaikinti karo, smurto ar nelygybės

Greičiau sintezės procese dirbtinis intelektas įgis visas blogąsias savybes

Robotas, turintis pavydą, neapykantą, egoizmą ir neigiamas nuostatas, nebus brangus

Galutinis konfliktų tarp skirtingų AI klonų rezultatas yra akivaizdus

Branduolinių bombų naudojimas gali tapti viršenybės kasdienybe

Prašau sustabdyti dirbtinio ir natūralaus intelekto susiliejimą per teisnumą.

Kitoje planetoje

Jūsų gyvenimas prasideda sulaukus šešiasdešimties, bet kitoje planetoje

Tavęs atžvilgiu tapk silpnesnis šeimos magnetas

Gravitacijos jėga sustiprėja, todėl aukštai šokinėti negalima

Kai bėgate, jūsų gerklė greitai išsausėja

Norėdami lipti į medį ir nuskinti obuolį, neturėtumėte bandyti

Dėl silpnesnės magnetinės jėgos energijos poreikis yra mažesnis

Taigi sumažėja jūsų maisto ir kaloringų medžiagų kiekis

Kai sutinki jaunus berniukus su ausų ir nosies žiedais

Tavo senos geros jaunystės dienos, tavo atmintis atneša

Niekas nenori klausytis jūsų išminties ir gerų istorijų

Savo užrašų knygelėje pradedate rašyti savo mielus prisiminimus

Jūsų Facebook profilį lankys tik jūsų draugai

Nes kaip ir jūs, jie taip pat susiduria su tomis pačiomis tendencijomis

Planeta, kurioje gyvenate, po šešiasdešimties tampa kitokia

Jokiu būdu nelyginkite, su jūsų gyvenimu dvidešimties metų nėra lygybės.

Destruktyvus instinktas

Iš maldaujančių žmonių protų, kupinų destruktyvaus instinkto
Sunaikinti ir nužudyti netoliese esančias klanas ar gentis buvo išgyvenimo taktika
Įsiveržusi armija visada stengėsi padidinti sunaikinimą
Taigi nugalėti žmonės laiku miršta iš bado
Karas, žudymas, vergija buvo neatsiejama žmonių civilizacijos dalis;
Vis dar įprasta tapti galingesniu už kaimynus
Pranašumo komplekso ego visada išleidžia karo nuodus
Nors žmogaus protas pakankamai pažengė į priekį, kad sukurtų AI
Jie vis dar negali pasakyti „ne" destruktyviam mentalitetui „viso gero".
Tas pats mentalitetas vieną dieną išbandys jų kūrinius AI
Žmonių civilizacija amžinai mirs iš šios planetos.

Stori žmonės miršta jauni

Sumo imtynininkai ilgai negyvena, nes yra stambūs

Didelės žvaigždės taip pat negali išgyventi per ilgai, nes yra sunkios

Jie griūva dėl savo gravitacinės jėgos, traukiančios į vidų

Gravitacinis kolapsas priverčia tarpžvaigždinę materiją uždegti sintezę

Dabar kai kurie mokslininkai sako, kad visata yra ne kas kita, kaip iliuzija

Kodėl ir kokiu tikslu atsirado gyvos būtybės, sprendimo nėra

Dievo dalelė ir Dievo lygtis vis dar yra tolima svajonė

Sužinoti Dievą, net jei Dievas egzistuoja, yra labai menka

Mūsų egzistavimas atsirado dėl kažko arba nieko yra tik tikimybė

Gerai tai, kad pagrindinės jėgos nedaro šališkumo.

Daugiafunkcinis darbas nėra vaistas

Išmanusis telefonas gali atlikti tiek daug veiklos, tačiau jis nėra gyvas dalykas

Medis gali atlikti tik vieną dalyką, vadinamą fotosinteze, tačiau jis yra gyva būtybė

Vien kelių užduočių atlikimas negali paversti žmogaus ar kažko pranašesnio už egzistavimą

Medis yra vienintelis maisto ir deguonies šaltinis, tačiau medžių kirtimui nėra pasipriešinimo

Kasmet buvo kertama milijonai medžių žemės ūkio ir gyvenamosios paskirties reikmėms

Tačiau alternatyvaus chlorofilo šaltinio maistui gaminti mokslininkai nepasiūlė

Seminaruose ir dirbtuvėse sumaniai sprendžiama medžių pjovimo problema

Dėl to gamta pamažu primes vis daugiau nelaimių

Pasaulinio atšilimo negali sumažinti nei išmanieji telefonai, nei dirbtinis intelektas

Norėdamas papildyti sunaikintą mišką, žmogus turi išauginti vis daugiau atžalų.

Nemirtingas žmogus

Gyvūnai nesuvokia ir jaučia, kad yra mirtingi

Jų instinktai yra tokie gyvuliški, kad patenkintų organus

Daugelis žmonių taip pat nežino, kad yra mirtingi

Štai kodėl žmonės yra godūs, korumpuoti ir karo kurstytojai

Pagrindinis socialinio gyvenimo tikslas dabar susilpnėjo

Dabar vis mažiau žmonių miršta iš bado

Vis daugiau žmonių dabar miršta dėl smurto ir karo

Tarsi pagrindiniam kovos instinktui pasiduoda ir aukščiausias gyvūnas

Kaip ir šunys bei katės, taip ir žmonės tampa nepakantūs kaimynui

Nebent žmonės supras, kad jis yra mirtingas ir pasaulyje ribotą laiką

Jis visada išliks savanaudis, godus ir nusikaltimas jam tinka

Su kabliu ar sukčiu, žmogus tūkstančius metų bando įgyti turtus

Jis taip pat labai stengėsi apsaugoti savo fizinį kūną, nes jis yra labai brangus

Kai jis miršta, net ir tą akimirką, dauguma žmonių nesuvokia tiesos

Kaip bitė iš avilio, jis krenta ir miršta, palikdamas medų kitiems maistui.

Keista dimensija

Laiko matmuo tikrai keistas
Tik reliatyvumas gali pasikeisti
Neveikiantys ir nesėkmingi neturi laiko
Sėkmingiems žmonėms tinka dvidešimt keturios valandos
Kas galvoja, kad niekada nemirs, visada jų trūksta
Bet kas galvoja, aš galiu mirti šiąnakt, turiu daug jų saugykloje
Laikas niekada neskiria turtingųjų ir vargšų
Kasta, tikėjimas, religija laiko esme neturi jokios reikšmės
Visiems laiko greitis yra vienodas ir vienodas
Norėdami išlaikyti savo pėdsaką laiku, turite žaisti laiku.

Gyvenimas yra nuolatinė kova

Gyvenimas visada yra nenutrūkstamas kovos kelias
Kiekvieną akimirką susidursime su bėdomis
Kliūtys gali būti mažos, didelės arba siaubingos
Esant slėgiui, išlikite tvirti ir nesusegkite
Jei nustosite kovoti, tapsite griuvėsiais
Kai reikia, judėkite atgal ir braukite
Kitą akimirką pamatysite savo pažangą
Drąsiai spręskite visas problemas, bet būkite nuolankios
Su pasitikėjimu gebėjimas įveikti problemą padvigubės
Niekada nepamiršk, gyvenimas per trumpas kaip oro burbulas.

Skriskite vis aukščiau ir pajuskite realybę

Kai žiūrime iš viršaus virš dangaus
Dideli namai tampa vis mažesni ir mažesni
Žmonės tampa nematomi kaip bakterijos
Bet jie egzistuoja tokie, kokie yra, kai pradėjome skraidyti
Vis dar galime pamatyti tuos, kurie naudojasi galingu teleskopu
Tik mūsų padėtis yra santykinė iš erdvėlaivio
Nepaisyti dalykų iš didelio aukščio lengva protui
Išplėskite savo mintis į aukštesnį lygį, padidinkite jį
Maži ir smulkmeniški dalykai, kurių niekada nesutiksite
Neigiami žmonės niekada neateis pasveikinti
Su išsiplėtusiu ir įgalintu protu tiesiog skrisk
Ir pabandykite rinkti nektarą nuo gėlės iki gėlės
Mėgaukitės rožių, jazminų ir kt. kvapais
Vieną dieną, kitaip irgi, tu mirsi, laikydamas viską sandėlyje
Taigi, kodėl gi neskraidžius ir nepasimėgavus medumi, pasaulis yra tavo.

Susitvarkyti Gyvenime

Norint susidoroti su gyvenimu, neužtenka žilų plaukų

Vyresnio amžiaus žmonėms šiuolaikinės technologijos yra sudėtingos

Šiandienos technologijos pasensta jau kitą dieną

Kas bus kitą mėnesį, net technologas negali pasakyti

Žmogaus smegenys turi ribotas galimybes įsisavinti ir saugoti duomenis

Žinios apie žmogaus DNR ateina per evoliucinę grandinę

Kaip ir robotas, intelektas negali būti įdiegtas žmogaus smegenyse

Reikia daug laiko ir kantrybės, kad vaikas tinkamai treniruotųsi

Jei dirbtinis intelektas susilieja su sąmone ir emocijomis

Biologiniam tobulėjimui ir evoliucijai nebus tikslo

Tai gali sukelti lėtą žmogaus smegenų irimą ir žmonijos degradaciją

Kad žmogaus gyvenimas būtų patogesnis, dirbtinis intelektas gali būti ne geriausias sprendimas.

Ar mes vien atomų krūvos?

Ar mes esame protonų, neutronų, elektronų ir kai kurių elementariųjų dalelių krūva?

Ar uolos, jūros, vandenynas, debesys, medžiai ir kiti gyvūnai taip pat yra tiesiog krūvos

Tada kodėl kai kurioms krūvoms suteikiamas kvėpavimas, gyvybė ir sąmonė

Tame pačiame atomų derinyje kai kurios gyvybės yra nekaltos, o kai kurios – pavojingos;

Jokių atsakymų nei iš Dievo dalelės, nei iš dvigubo plyšio eksperimento

Kodėl ir kaip susipainioja dvi dalelės, net jei jas skiria milijardai mylių

Ar stebime tik kumuliacinį atomų derinių poveikį?

Bet vis tiek, sprendžiant esminį klausimą, einame tamsoje

Visagalius mokslas gali įkalinti ir ištremti tik tada, kai jie mums pateikia puikų sprendimą.

Laikas yra nykimas arba progresas be egzistavimo

Laikas yra ne kas kita, o nuolatinis nykimo ar progreso procesas

Pats laikas neegzistuoja ir nieko, ką laikas gali turėti

Laikas gali netekėti iš praeities į dabartį į ateitį

Taip suvokti laiką yra mūsų smegenų prigimtis

Vėžlys net ir praėjus trims šimtams metų nežino praeities

Ateityje dviejų šimtų metų banginis niekada neplanuoja ir nesudaro pasitikėjimo

Laiko matavimas yra santykinis procesas, leidžiantis nustatyti lėtą skilimo procesą

Tačiau milijonus metų kalnai ir vandenynai tvirtai laikosi

Žmogaus smegenys negali suvokti laiko po šimto dvidešimties metų

Laikas nebėga, o genda, mūsų protas tik bijo: šiandien džiaukimės.

Faraonai

Egipto faraonai buvo išmintingi ir realistai

Jie gerai žinojo, kad bet kurią akimirką gyvenimas gali tapti statiškas

Faraonai pradėjo statyti piramidę iškart po karūnavimo

Jiems bandymas tapti nemirtingu nėra praktiškas sprendimas

Jie niekada nesitiki, kad mylimasis pastatys paminklą

Visą gyvenimą tikslingiau statyti savo kapą

Taip pat senovėje Indijoje seni žmonės vyksta į Himalajus pasitikti mirties

Laimėję Mahabharatos karą, Pandavai pasuko tuo pačiu keliu

Daugybė išminčių bandė įvairias gudrybes ir priemones būti nemirtingais

Tačiau suprato realybę, mirtis yra galutinė tiesa, ir elgėsi racionaliai.

Vieniša planeta

Mūsų mylima žemė yra vieniša Saulės sistemos planeta

Tinka gyventi ir biologiniam gyvenimui su deguonimi

Milijonus metų trukusi evoliucija padarė mus sąmoningais žmonėmis

Tačiau vienišoje planetoje žmonėms yra vienatvė

Žemėje gali būti aštuoni milijardai gyvų homo sapiens

Asmenys savo gyvenime yra vieniši, net ir tapę turtingi ir protingi

Mes visada teigiame, kad esame socialūs gyvūnai, bet iš tikrųjų savanaudiškumas yra žaidimas

Godumas, ego ir proto pranašumo kompleksas padarė mus vienišus

Visi taip pat žino, kad paskutinę kelionę teks leistis vienam.

Kodėl mums reikia karo?

Kodėl mums reikia karo šiais laikais

Komunizmas jau beveik miręs

Rasinė diskriminacija lėtėja

Gamtos tarša ir naikinimas yra didžiausias

Technologijos sujungia visų rasių ir religijų žmones

Tačiau dėl destruktyvaus mąstymo civilizacijos ateitis yra niūri

Karo kurstymo žmogaus DNR visada vadovauja

Taiką kurianti DNR žmogaus kūne yra per silpna

Nei Dievui, nei mokslui nepavyko sustabdyti karo ir žudymo

Išsivysčiusios šalys vis dar užsiima ginklų pardavimu

Vargšės ir kvailos tautos tampa mūšio lauku

Kiekvieną akimirką bijoma didžiausios branduolinės bombos žaizdos.

Atsisakykite nuolatinės pasaulio taikos

Prieš tūkstančius metų jis mus mokė nesmurtauti

Jis suprato ramybės ir tylos svarbą

Tačiau būdami Budos pasekėjais, mes tęsėme smurtą

Jėzus paaukojo savo gyvybę, kad sustabdytų žudynes ir žiaurumą

Jo mokymai taip pat dabar tyliai išnyko iš mūsų vertybių

Technologijoms taip pat nepavyko nuolat integruoti žmonių

Nuolatinė ramybė ir brolybė vis dar yra tolima svajonė

Visi nori pradėti smurtą dėl kastų, rasių ir religijų

Nepavyko paaiškinti kvantinio susipainiojimo, neapykantos, godumo, pavydo ir ego

Jei sprendimas nebus pasiektas naudojant technologijas, nuolatinis taikos pasaulis turi atsisakyti.

Trūkstamoji nuoroda

Jūs negalite valgyti pyrago ir jo turėti
Tai prieštarauja gamtos dėsniams
Jūs taip pat negalite eiti į savo praeitį ir ateitį
Tikėti ir Dievu, ir Darvinu yra veidmainystė
Abi hipotezės negali būti teisingos, mes visi žinome
Tačiau atsakydami į klausimą iki loginės išvados, esame lėti
Žmonės abi hipotezes interpretuoja kaip patogumą
Tačiau tokia hipotezė niekada negali būti tiesa ar mokslas
Trūkstamų Darvino grandžių vis dar trūksta
Štai kodėl dauguma žmonių meldžiasi Dievui ir ieško palaiminimo.

Dievo lygties nepakanka

Užuot mirusi dėžėje, katė išėjo su kačiuku
Niekas nepastebėjo ir neišbandė katės nėštumo
Šriodingeris įdėjo katę į dėžę be jokių pastabų
Neaiškumas dėl prognozių yra sudėtingesnis
Ar katė mirusi, ar gyva – ne vienintelis klausimas
Kvantinė fizika turi pateikti per daug nuomonių ir sprendimų
Katė galėjo pagimdyti kelis kūdikius
Dėžutės atidarymo metu nedaug žuvo ir nedaugelis gyvų
Atsakymo į Dievo lygtį ir Dievo dalelę nepakanka
Išspręsti visatos egzistavimo klausimą yra labai sunku.

Moterų lygybė

Jie žiauriai elgiasi su vieniša moterimi vardan malonumo
Kartais trys, kartais keturi, o kartais daugiau
Gyvūniškas instinktas blogiausiu pavidalu sutriuškins fatale moterį
Už pinigus, vardan pilietinės laisvės, sunaikinama moters siela
Ir jie teigė esą žmonijos ir civilizacijos fakelo nešėjai
Žmonių mąstymo procese nėra racionalumo ir modernumo
Viską pateisinkite pagal pranašumo kompleksą, ego ir laisvą valią
Ir teigia moterų lygybę savo teritorijoje ir kultūroje
Kai pakeliate šydą, galite pamatyti žiaurią prekybos moterimis tiesą
Mirksi išnaudojimas dėl gyvuliškų instinktų, brutalumas, nežmoniškas elgesys.

Begalybė

Begalybė minus begalybė yra ne nulis, o begalybė

Žodis begalybė yra keistas žodis žmonijai

Begalybės sąvoka apsiriboja tik homo sapiens

Visos kitos gyvos būtybės nesijaudina dėl begalinės visatos

Begalybės samprata tarp žmonių yra įvairi

Skaičių skaičiavimas baigiasi begalybėje, nes mūsų smegenys negalėjo suprasti

Tačiau galaktikoms ir žvaigždėms begalybė reiškia beribį

Už ribos mūsų smegenys ir mokslininkai negali atsekti

Kai ateina Dievo samprata, begalybė turi singuliarumo pagrindą

Be begalybės matematika ir fizika eis į slenkstį.

Už Paukščių Tako

Kokio dydžio yra kosmosas ar visata, žmogaus smegenys nesuvokia

Greičio ir laiko kliūtys išlaikys mus vietinėje Paukščių Tako galaktikoje

Net Paukščių Takas yra toks platus, kad ištirti visų jo kampelių bus neįmanoma

Su amoralumu žmogaus gyvenimas mokslu ir dirbtiniu intelektu taip pat bus trumpas

Prieš užbaigiant apklausą ir keliaujant, pati mūsų saulė užges ir užges amžiams

Bandymas tyrinėti ne tik Paukščių tako galaktiką, turintį laiko dimensiją, yra absurdas

Kad tai padarytume, mūsų gyvenimas turi būti už erdvės ir laiko ribų

Kaip atsirado šis begalinis materijų ir galaktikų egzistavimas, yra keistas žaidimas

Mes vis dar nežinome apie tamsiąją visatos materiją ir jos atsiradimą

Astronomijos ir Paukščių Tako tyrinėjimo kelionė bus be galo ilga.

Būkite patenkinti paguodos prizu ir judėkite toliau

Nieko nebuvo, nieko nėra ir nieko nekontroliuosiu

Tačiau konsolidavimo prizu visada buvau patenkintas

Kiekvieną kartą atsistoju vėl ir vėl net po didelio kritimo

Niekada neprašė karaliaus ar draugų, kad padėtų man padėti

Pasitikiu tik savimi ir savo galimybėmis

Daugelis žmonių vėl ir vėl bandė mane nugriauti

Aš juokiausi iš jų, nes jų pastangos nueis perniek

Jie taip pat niekada nekontroliuoja savo norų ir pastangų

Kai jie negalėjo padaryti savo gyvenimo prasmingo ir puikaus

Kaip jie gali trukdyti mano dabartinei ir būsimai veiklai

Jie džiaugiasi eikvodami savo brangų laiką

Apkalbos ir kojų traukimas yra tuščias vyrų palydovas kaip nenaudingas peilis.

Covid19 nepavyko prisegti

Covid19 nepavyko sutramdyti žmogaus civilizacijos ir dvasios

Taigi žmonės greitai pamiršo, su kokia nelaime susidūrė žmonija

Niekas dabar neprisimena tų, kurie staiga neteko gyvybės

Žmonės vėl per daug užsiėmę savo kasdieniu gyvenimu, neturi laiko atsigręžti

Žmogaus godumas, ego, neapykanta ir pavydas išliko toks, koks yra

Jokia bendra pamoka nėra išmokta kaip visuomenė ar žmonių grupė

Toks žmonių mąstymas yra tikrai keistas ir stebinantis

Gerai tai, kad pasirodymas vyksta be jokių trukdžių

Išgyventi per didžiausią nelaimę žmonijai tai yra geriausias sprendimas

Tegul civilizacija juda toliau vadovaudamasi natūralios atrankos dėsniu.

Nebūk prastas mąstysenos

Galbūt jums trūksta banko likučių, bet niekada neturėsite proto

Bet kurią akimirką ir bet kur galite lengvai rasti turtus ir pinigus

Požiūris yra svarbiausias dalykas norint užkopti laiptais į sėkmę

Kiekvienoje platformoje po kopimo rasite neapdorotų deimantų pilnose dėžėse

Realiame gyvenime nėra stebuklingos lempos, kaip pasakose, reikia pjauti neapdorotus deimantus

Kitoje kopėčių platformoje turi būti atliktas deimanto poliravimas

Jei jūsų požiūris yra neigiamas, jūs niekada negalite pakilti į didelį aukštį

Liksite Himalajų dugne kaip beturtis

Kai draugams ir kaimynams pasiseks, nustebsite

Tačiau jų skausmų, renkant perlus iš jūros gelmių, niekas nesuvokė.

Pagalvokite dideliai ir tiesiog darykite tai

Kai galvoji, galvok plačiai ir tiesiog daryk

Valgykite idėją, gerkite idėją, svajokite apie idėją

Niekas negali sutrukdyti jūsų idėjai paversti realybe

Sunkiai dirbk su atsidavimu ir tvirtai laikykis savo idėjos

Eikite miegoti su savo puikia idėja ir planavimu

Ryte ateis naujas kelias ir problemų sprendimai

Kiekvienoje kryžkelėje gali kilti abejonių ir sumaišties

Tačiau atkaklumo dėka greitai rasite sprendimą

Neatsisakykite savo laukinės svajonės ir idėjos, susidurdami su kritika

Kol nepasiseks ir nepasieksite viršūnės, jus visada atgrasys cinizmas.

Vien smegenų neužtenka

Smegenys būtinos intelektui ir sąmonei

Tačiau vien tik smegenų neužtenka emocijoms ir išminčiai turėti

Meilės, neapykantos, pavydo metu skleidžiami neuronai yra sudėtingi

Proto ir smegenų susipynimas visada yra pernelyg sudėtingas

Visų žinduolių intelektas yra skirtingos eilės ir lygio

Kai kuriose užduotyse labiau nei homo sapiens, kiti gyvūnai gali tobulėti

Kiekviena gyvūnų karalystė turi papasakoti skirtingą pranašumo istoriją

Gerai, kad sąmonė apie dangų, gyvūnai negali pasakyti

Tai nereiškia, kad, išskyrus žmones, viskas eina į pragarą

Tik žmonėms įsivaizduojamą ir apgaulę labai lengva parduoti.

Skaičiavimas Ir Matematika

Žmonės žinojo skirtumą tarp valgymo vieno ir dviejų obuolių

Skaitinių gebėjimų samprata siejama su DNR

Smegenys galėjo suprasti skaičius, kol nebuvo atrasta matematika

Net gyvūnai ir paukščiai taip pat galėjo įsivaizduoti skaičius savo smegenyse

Sukeltas intelektas, šiuolaikinė matematika šiais laikais treniruojasi

Matematikos atradimas yra milžiniškas šuolis žmogaus civilizacijai

Be matematikos milijardai problemų neturės sprendimo

Skaitiniai ir kalbiniai gebėjimai yra žmogaus intelekto pagrindas

Pažangai ir sėkmei šie du komponentai yra svarbūs

Emocinis intelektas taip pat būdingas žmogaus genui

Patirtis ir aplinka daro intelektą, emocijas stiprias ir švarias.

Atminties nepakanka

Faktų ir skaičių įsiminimas ir vien atgaminimas nėra intelektas

Pačios žinios nėra galia, o tik galios ginklas

Vaizduotė ir naujovės yra svarbiau už atmintį ir žinias

Dirbtinis intelektas turi geresnę atmintį, kurią turime priimti ir pripažinti

Tačiau dirbtiniu intelektu bus sunku įveikti žmones naujovių ir išradimų srityje

Turime vaizduotę, emocijas ir išmintį, kurių AI vis dar trūksta

Išradimų ir naujovių lenktynėse žmonės remiasi DNR

Kompiuterių ir „ChatGPT" eroje galvokite ne tik apie juodąją dėžę ir ribas

Jūsų vaizduotė ir išmintis yra unikalios jums ir suteikia jai sparnus

Kovoje su AI ir kompiuteriu žmonėms pasiseks ringe.

Daugiau duodi, daugiau gauni

Kuo daugiau duodate nepasiturintiems, tuo daugiau gaunate

Dosnumas yra aukštesnio lygio ir didelė žmogiškoji vertybė

Traukos dėsnis neleis sumažėti jūsų grynajai vertei

Trečiasis Niutono judėjimo dėsnis galioja kiekvienai gyvenimo sričiai

Gamtos dėsniai teka kaip nenutrūkstamas vandens vamzdis

Gerų darbų vaisiams sunokti gali prireikti šiek tiek daugiau laiko

Bet būkite tikri, kad tai ateis vieną dieną, gali būti kitokio tipo

Kai pasodinsi obelį, gamta gervuogių neduos

Šis vaisius, tu negali pakeisti, tai yra gamtos teritorija

Dėl geresnio naujojo pasaulio su geromis dorybėmis visada parodykite solidarumą.

Paleisk ir pamiršti yra vienodai svarbu

Gyvenimas yra per didelio kūno ir proto kankinimo integracija

Dėl mūsų kovos dvasios DND visada randame būdą

Kankinimai padarė mūsų kūną ir sielą stipresnius kaip plieno kalimas

Dauguma traumų, mūsų atsparumo sistema gali lengvai išgydyti

Išgydyti protą gali būti sunku, tačiau laikas ir situacija priversti judėti

Taip pat sunkiausia gyvenimo problema – laikas vieną dieną gali išspręsti

Pamiršti dalykus yra gera dorybė subalansuoti mūsų sielą

Vandeniui nelaidžioje atmintyje mūsų gyvenimas taps kalėjimu ir pragaru

Norint pamiršti pažeminimą ir gyvenimo kankinimus, svarbu paleisti

Dirbtinis intelektas, pavyzdžiui, atmintis, žmogaus smegenims, turi pražūtingą galią.

Kvantinė tikimybė

Mūsų egzistavimas su mirtingumu yra vienintelis stebuklas visatoje
Nieko kito nėra keista, viską reglamentuoja specifiniai įstatymai
Visose galaktikose nėra absurdo, apribojimų ir trūkumų
Atomai, pagrindinės dalelės ar neutronų skilimas nėra naujiena
Nuo materijos susidarymo pradžios fizikos variacijų yra nedaug
Reliatyvumas, kvantinė mechanika gali būti naujos žinios civilizacijai
Tačiau daug anksčiau nei žmonės, gamta atliko visą standartizaciją
Fizika ar bet kokie procesai negali priversti protono suktis aplink elektroną
Formuojantis materialiam pasauliui, natūralios atrankos nebuvo
Visos mūsų žinios yra kvantinė tikimybė ir permutacijos derinys.

Elektronas

Materijos visata iš prigimties yra nestabili

Nes elektronas negali tylėti

Elektronas yra viena iš svarbiausių dalelių

Tačiau jo elgesys ir savybės nėra paprastos

Elektronų buvimas atome yra dialektinis

Norint surišti protoną ir neutroną, elektronų vaidmuo yra labai svarbus

Gali būti, kad dėl nestabilaus elektrono chaosas visada didėja

Visatos ir kūrinijos entropija niekada nemažėja

Gimusio vaiko verksmas per DNR yra elektronų poveikis

Netvarka ir chaosas didės, atsispindi ir naujagimis.

Neutrinas

Neutrinai yra galingų elektronų palydovai
Tačiau jie yra apleisti ir nėra populiarūs kaip jų kolegos
Jie vadinami vaiduoklio dalelėmis, nes gali prasiskverbti į viską
Niekas nežino, ar tai vibruojančios stygos bangos
Mes taip pat nežinome, kaip jie įgauna masę universalioje kelionėje
Tačiau kaip pagrindinė dalelė, neutrinai turi daug reikšmės
Neutrinai turi tris skirtingus skonius, o tai jaudina
Net ir susidūrę su Dievo dalele Higso bozonu neutrinai yra gudrūs
Neutrinai ateina iš saulės ir su kosminiu spinduliu
Dalelių fizika turi nueiti ilgą kelią, sakyčiau apie neutrinus vaiduoklius.

Dievas yra blogas vadovas

Dievas yra puikus fizikas ir labai geras inžinierius

Tačiau jis yra prastas valdymo mokytojas ir blogas gydytojas

Pasaulio valdymas yra labai prastas su konfliktais

Jis riboja žmonių judėjimą per vizas

Žemesnės eilės gyvūnams ir paukščiams apribojimų nėra, priežastys nežinomos

Tačiau jis parodė mažiau gerumo gyvūnams

Karuose ir nuo ekstremistų kasdien žūva vaikai

Tačiau jis niekada nesako, kad sustabdytų visą tą žiaurų elgesį su mėgstamu gyvūnu

Kasmet milijonai žmonių miršta nuo nepagydomų ligų

Gydytojai uždirbo daug pinigų ir giria Dievą už šią veiklą

Inžinieriai diegia naujoves, per daug negalvodami apie pasekmes

Vardan gyvybės gelbėjimo gydytojai dažnai daro klaidas nuosekliai.

Fizika yra inžinerijos tėvas

Fizika yra visų inžinerinių disciplinų tėvas

Elektra yra elektronikos tėvas, tačiau abu nėra paprasti

Mechanikas yra gamybos inžinerijos tėvas

Dėl priešingų teiginių apie tėvystę mechatronika kenčia

Civilinėje inžinerijoje daug įvaikintų vaikų be DNR ryšio

Chemijos inžinerija yra užimta, kaip mąsto molekulės

Jauniausias fizikos vaikas, kompiuterių mokslas, dabar yra karalius

Jie išmušė visą inžineriją, kad pretenduotų į ringo sostą

Išmanusis telefonas ir kvantinė kompiuterija padės jiems valdyti dar keletą metų

Kai dirbtinis intelektas susijungs su smegenimis, visi sveikins.

Žmonių žinios apie atomus

Paprasto žmogaus žinios apie atomus baigiasi elektronais

Jie patenkinti žiniomis apie protonus ir neutronus

Jiems nereikia jaudintis dėl fotonų, pozitronų ar bozonų

Žmonės patenkinti žiniomis apie obuolių kritimo sprendimą

Proceso metu obuolių kainos didėja dėl gyventojų skaičiaus

Kompiuteris ir išmanusis telefonas padėjo skleisti žinias

Tačiau žmonės juos naudoja norėdami praleisti laiką ir pramogauti

Knygos vaidino geresnį vaidmenį skleidžiant elektronus, neutronus ir protonus

Net ir turėdamas „Google" ir „Wikipedia" nežinai bozono

Technologijos vis dažniau naudojamos pasenusiai religijai pateisinti.

Nestabilus elektronas

Bangų funkcijos žlunga be mūsų žinios ir stebėjimo

Elektronas skleidžia energiją, kad liktų orbitoje fotono pavidalu

Kad elektronas nesugriūtų, Pauli išskyrimo principas yra sprendimas

Elektronas turi drumstas tikimybes branduolyje, kurio neįmanoma nustatyti

Heizenbergo neapibrėžtumo principas bando pasakyti apie neapibrėžtą padėtį

Atominė struktūra yra talpykla, skirta elektronui suktis aplink branduolį

Laisvieji elektronai praranda energiją, kad atomas būtų stabilus gamtoje

Bet elektronui tai negali patikti sistemoje amžinai

Dėl gravitacijos, kai protonai užfiksuoja elektroną, jis tampa neutronu

Galiausiai viskas griūva į juodąją skylę galaktikoje, viršijančią mūsų vaizduotę.

Pagrindinės jėgos

Gravitacija, elektromagnetizmas, stiprios ir silpnos branduolinės jėgos yra pagrindinės

Visos keturios yra visatos ir galaktikos, valdančios ir kontroliuojančios šaltinius

Niekas materialus negali egzistuoti be šių pagrindinių jėgų

Stiprios ir silpnos branduolinės jėgos yra atomo ryšio šaltiniai

Be gravitacijos žvaigždės, planetos ir galaktikos susidurs

Elektromagnetizmas yra mūsų smegenų funkcijų ir komunikacijos pagrindas

Dėl šių keturių jėgų egzistuoja planetų derinys

Kodėl ir kaip šios jėgos atėjo, sunku patikimai pasakyti

Atomų sujungimas po Didžiojo sprogimo įvyko dėl šių jėgų lėtai

Atvėsus po didžiojo sprogimo, šios jėgos viską sutvarkė.

Homo Sapiens tikslas

Keletą milijardų metų nebuvo jokios paskirties gyvų būtybių žemėje

Prieš dešimt tūkstančių metų staiga atsirado žmogaus tikslas?

Jokia gyva būtybė nežinojo, kokia jų paskirtis planetoje su saulės šviesa

Tačiau su saulės spinduliais planeta, žmonių vadinama žeme, buvo šviesi

Mūsų protėviai beždžionės ir šimpanzės išlaikė šią planetą teisingai

Kai žmonės suprato savo intelektą, jie pareiškė tikslą

Visi kiti gyvūnai yra jų tarnai, mano homo sapiens

Žmonių tikslas gali būti jų pačių vaizduotė

Priimti tikslo hipotezę, jokio mokslinio sprendimo

Darvino natūralios atrankos teorija prieštarauja tikslo sampratai

Tačiau kadangi natūrali atranka turi trūkstamų grandžių, dauguma žmonių sutinka.

Prieš dingusį saitą

Prieš trūkstamą grandį evoliucijos procese

Evoliucija turėjo dar vieną proveržio sėkmę

Tai buvo X-chromosomos ir Y-chromosomos atskyrimas

Lytiškai neutralios gyvos būtybės taip pat galėjo dauugintis

Seksui ir dauginimuisi neutrali chromosoma neturi vilioti

Lyčių diferenciacija per chromosomas sukūrė nelygybę

Tvirtai išryškėjo du atskiri vyro ir moters DNR kodai

Tai buvo lyčių diferenciacija siekiant geresnio reprodukcijos galimybių

O gal tai buvo tam, kad aukštesnės eilės gyvosios kūrybos evoliucija būtų paprasta?

Tiek X chromosoma, tiek Y chromosoma yra atomų krūvos

Tačiau jų savybės, savybės yra skirtingos ir atsitiktinės

Kaip ir trūkstama grandis, kodėl ir kaip skiriasi lytis, mes neturime sprendimo.

Adomas ir Ieva

Mitinis Adomas ir Ieva simbolizuoja X ir Y chromosomas

Abiejų poravimasis lemia naujos gyvybės, kitos kartos formavimąsi

DNR turi genetines savybes ir informaciją

Genas yra atsakingas už mutaciją ir nuolatinę evoliuciją

Informacijos nešėja DNR yra natūralios atrankos skatintoja

Sąmonė ateina per informaciją ar ne, yra miglota

Kvantinis dalelių susipynimas verčia mus išprotėti

Įsipainiojimo procese daugelis žmonių gimsta tinginiais

Visas atomų ir žmogaus ir gyvybės susijungimo vaizdas vis dar miglotas.

Įsivaizduojami skaičiai yra sunkūs

Įsivaizduojamus skaičius sunku įsivaizduoti ir suprasti
Mūsų protas ir smegenys negalėjo lengvai suvokti sudėtingumo
Daiktai, kurie yra matomi ir liečiami, smegenys gali lengvai atsiskleisti
Sunkius pratimus protas visada mėgsta laikyti šaltai
Štai kodėl norint išreikšti sudėtingus dalykus, analogija yra labai drąsi
Matyti ir liesti yra tikėjimas, pagrindinis žmogaus instinktas
Įsivaizduojama fizika ir filosofija yra ribotas susidomėjimas
Norint ištirti naujus dalykus ir idėjas, geriausia yra vaizduotė
Be vaizduotės, įmanoma ar ne, mokslas negali judėti į priekį
Kai atrandi ar sugalvoji naujų dalykų, visada gauni gerą atlygi.

Atvirkštinis skaičiavimas

Paskutiniame etape norint pradėti lenktynes, visada vyksta atvirkštinis skaičiavimas

Nes šiame etape psichinis spaudimas yra didžiulis ir didėja

Atvirkščiai skaičiuojant nulis laikomas atskaitos tašku

Galutinė kelionės ar lenktynių sėkmė ar nesėkmė – tik nulis

Kai esi pakankamai subrendęs nuostabiame gyvenimo kelyje

Išmokite atlikti atvirkštinį skaičiavimą, kad pasiektumėte didesnę ar didesnę sėkmę

Be atvirkštinio skaičiavimo galutinio tikslo niekas negali apdoroti

Žmogaus gyvenimas per trumpas, kad būtų galima skaičiuoti palaipsniui iki begalybės

Atvirkštinis skaičiavimas yra vienintelis būdas solidariai judėti pirmyn

Jei jums nepavyko pradėti atvirkštinio skaičiavimo ir jums pasisekė, nekaltinkite likimo.

Visi pradeda nuo nulio

Mes visi gimėme skaičiuoti verkiant, pradedant nuo nulio

Skaičiuojant į priekį pasiekimai yra daugiau, jūs esate herojus

Laikas daugeliui iš mūsų neleidžia skaičiuoti daugiau nei šimtą

Sulaukę devyniasdešimties, žmonės atsisako entuziazmo ir pasidavė

Sulaukę penkiasdešimties, kai esame viduryje, geriau pradėti skaičiuoti atgal

Tai padės jums vertinti gyvenimą ir nusišypsoti už gyvenimo atlygį

Nepastebėdami žmonės skaičiuoja metus, mėnesius ar dienas

Rytoj daugelis žmonių nebematys rytinių saulės spindulių

Jei laiku pradėsite skaičiuoti pirmyn ir atgal

Kai jūsų laikas baigsis, tikrai pasieksite viršūnę.

Etikos klausimai

Visos mūsų žinios, patirtis ir intelektas yra įgyti patys

Dirbtinis intelektas iš stebimo pasaulio, mūsų smegenys taip pat reikalingas

Jei bandysime viską patirti asmeniškai, per anksti pavargsime

Žinių perėmimas iš kitų be patikrinimo yra dirbtinio pobūdžio

Ateityje daugelis tokių žinių bus klaidingos

Tokias emocijas kaip meilė, neapykanta, pyktis taip pat gali apsimesti smegenimis

Dėl įvairių priežasčių, dėl dirbtinės šypsenos ir džiaugsmo, savo smegenis stengiamės treniruoti

Dirbtinis intelektas buvo žmogaus civilizacijos dalis pažangai

Be dirbtinio intelekto nebus greitesnės ir greitesnės sėkmės

Natūralaus intelekto ir AI integravimas yra pati sunkiausia užduotis

Prieš visišką integraciją su žmogaus smegenimis visuomenė turi užduoti etinius klausimus.

All-Sin-Tan-Cos

Žmogaus gyvenimas yra keturios kvadranto kelionės laiku

Jei galite užpildyti visus keturis kvadrantus, jums pasisekė ir viskas gerai

Kiekvienas turi praeiti dvidešimt penkerius mokymosi metus

Fizinio kūno augimas pasiekia savo pabaigą

Visiems nepasiseka peržengti pirmąjį kvadrantą dėl netikrumo

Mirties laikas ir amžius žmonijai vis dar yra stebuklas

Per antrąjį dvidešimt penkerių metų kvadrantą esate per daug užsiėmęs darbu

Ieškodami geresnio gyvenimo ir ateities saugumo, visi bėga

Kai kurie žmonės juda vieni be palydovo, norėdami mėgautis

Trečiasis kvadrantas yra konsolidavimo ir koregavimo laikas

Jūsų žinios, įgūdžiai ir turtas pradėjo kauptis

Savo dividendus, sėkmę ir santykius pradėjote skaičiuoti

Trečiame kvadrante esate viršininkas ir generalinis direktorius, vadovaujantis kitiems

Pamažu prarandate apetitą turėti daugiau turto ir judėti toliau

Savęs aktualizacija ir vidinio savęs pažinimas tampa svarbiau

Kai įeini į ketvirtą kvadrantą, tavo šešėlis tampa ilgas

Tavo organizmas įgyja per daug ligų, tu nebėra stiprus

Spaudimą, cukrų ir kitus negalavimus turite kontroliuoti tabletėmis

Šalutinis vaistų poveikis taip pat labai blogas ir gali nužudyti žmones

Kartais nerimaujate matydami savo medicinines sąskaitas

Niekas nesivargins tavimi rūpintis, visi užsiėmę savo kvadrante

Daugelis jūsų draugų taip pat paliko pasaulį, o draugai tampa nereikalingi

Atlikite savo veiklą kiekviename kvadrante efektyviai ir išmintingai

Neabejotinai nepasigailėsite ketvirtojo kvadranto pabaigoje.

Ugnies Galia

Ugnies išradimas pakeitė žmonių civilizacijos eigą

Tai padėjo pagrindą ugnies galiai malšinant konfliktus

Daugiau jūs turite ugnies galią nuslopinti silpnesnį gyvūną

Daugiau jūs turite plėtros ir išgyvenimo tikimybę

Ugnies jėga padėjo žmogui būti geriausiai išgyventi ir tobulėti

Dėl didžiulių miškų gaisrų daugelis gyvūnų ėmė regresuoti

Žmonės vis dar nešiojo ugnį savo širdyse teigiamų ir neigiamų

Tai įrodo istorijoje buvę karai, kurie tapo destruktyviais

Tačiau teigiama širdžių ugnis padėjo žmonėms būti konstruktyviems

Tačiau civilizacijai šiuolaikinių technologijų ugnies galia gali būti lemiama.

Naktis ir diena

Kiekvieną vakarą, kai verkiu
Pasaulis lieka drovus
Paguosti, visata nesistengia
Skausmas tampa maudantis
Širdis tuščia ir sausa
Skrenda vienišas dangoraižis
Visa naktis yra mano
Vieną dieną aš mirsiu
Mirusiam man, žmonės atsisveikins
Tačiau saulei tekant, dvasia pakili
Dieną nėra kada verkti
Nėra jokios priežasties kodėl
Tik aš turiu padaryti ir mirti.

Laisva valia ir galutinis rezultatas

Spūstyje turėjau galimybę laisva valia eiti į kairę arba į dešinę

Tačiau kiekvieną kartą, kai priimdavau savo sprendimą, judėjimas tapdavo įtemptas

Nesvarbu, ar posūkis į kairę, dešinę ar U, ateities kelionė retai buvo šviesi

Kad judinčiau kiekvieną metrą, mane likimas privertė kovoti

Laisva valia dešimt metų įsimylėjusi pora nusprendė susituokti

Santuoką įteikė pramogų mugėje kaip tikslo ravėjimui

Po trijų mėnesių visi nustebo pamatę, kad jie išsiskiria

Jaunuolis laisva valia įskrido į šviesią ateitį į užsienį

Tačiau net ir po laisvos valios ir daug vilčių, skrydžio katastrofoje jis žuvo

Tarp laisvos valios ir galutinio rezultato yra neaiškus ryšys

Bet kurią akimirką gali užpulti likimas ar netikrumo principas.

Kvantinė tikimybė

Visata prasidėjo nuo chaotiško kvantinių dalelių proceso
Viskas, kas sekė vėliau, buvo kvantinė tikimybė
Žvaigždės ir kiti dangaus kūnai sukasi tvarkingu orbitos keliu
Tačiau visa visata galaktikos visada ketino rūdyti
Visatos entropija turi didėti, kad ji išliktų
Norint paaiškinti visatos plėtimąsi, tamsioji energija yra būtina
Multivisata yra ne kas kita, kaip kvantinė tikimybė be įrodymų
Tačiau kiekvienoje religinėje filosofijoje multivisatos šaknys yra nepakeliamos
Fizika taip pat turi skirtingas teorijas ir hipotezes apie mūsų kilmę
Paprasta ir galutinė tikrovės tiesa iki šiol yra iliuzinė ir niekas nematė.

Mirtingumas ir nemirtingumas

Džiaugiuosi, kad esu mirtingasis, į pasaulį kelių dienų keliautojas

Džiaugiuosi, kad visi kiti yra nemirtingi ir paslaugų teikėjai

Nemirtingi draugai ir artimieji atsisveikins, kai aš išvyksiu

Niekas niekada nesužinos, mano kiti padavimai, jei tokių bus, kaip aš pradėsiu

Po savaitės visi mane pamirš, nes žmonės protingi

Jie bus užsiėmę prekybos centruose, pildydami savo buitinį vežimėlį

Net ir tada laikas prabėgs taip pat, dienos, mėnesiai, metai labai greitai

Dėl nemirtingumo jie gali niekada nepavargti, nesuirs ir nerūdys

Po šimto metų kas nors gali švęsti mano mirties šimtmetį

Po tūkstančio metų mane galima rasti tinkle, galima sakyti, kad buvau šiuolaikinė

Tačiau jo reakcijos bus be jokių emocijų ir momentinės

Mirtingumas ir nemirtingumas eina koja kojon, žmonės nenori mirti

Tačiau iki paskutinės savo gyvenimo dienos niekada nesistengsiu būti nemirtingam.

Išprotėjusi kryžkelės mergina

Ji kasdien klaidžioja kryžkelėje, juokiasi, šypsosi ir kalbasi su savimi

Niekada nesijaudino, kas ateina, kas eina, visiškai nesidomėjo dėmesiu

Nesijaudino dėl purvinos suknelės, veido be makiažo ir dulkėtų plaukų

Jei šypsena ir juokas yra laimės požymiai, ji turi būti laiminga ir gėdė

Ji taip pat turi būti protonų, neutronų, elektronų ir kitų pagrindinių dalelių krūva

Vadovaujantis tais pačiais judėjimo, gravitacijos elektromagnetizmo ir kvantinės mechanikos dėsniais

Tačiau ji yra kitokia, gali būti nepaklusnus nestabilių elektronų elgesys

Gydytojai negalėjo pateikti jokių sprendimų, kodėl ji kitokia ir gydo

Nėra tikrų paaiškinimų dėl nesimetriško jos sąmonės elgesio

Jos sąmonė ir neuronai nepatenka į kvantinės teorijos paaiškinimą

Dėl jos besišypsančio veido ir laimės žmonės gailisi ir gailisi

Tačiau, nepaisant kvantinių stebėtojų, ji gyvena linksmai.

Atomas prieš molekules

Molekulės gali būti ne pagrindinės planetos ir visatos sukūrimui

Anglis, vandenilis, deguonis, silicis ir azotas padarė žemę įvairiapusę

Kalcis, geležis, natris, kalis yra panardinami molekulių pavidalu

Tiesa, be atomų kombinacijos molekulės neįmanomos

Tačiau netapdami molekulėmis, elementų egzistavimas negali kauptis

Neutronas gali skilti, kad taptų protonu, o elektronas – skirtingu atomu

Protonų ir elektronų derinys taip pat vyksta atsitiktinai

Baltymai ir aminorūgštys atsirado molekulių pavidalu, kad gyvybė būtų įmanoma

Fotosintezė, aprūpinanti gyvūnų karalystę maistu atominėje būsenoje, neįmanoma

Kadangi molekulės nėra nestabilios kaip atomas, mūsų egzistavimui molekulės yra patikimos.

Priimkime naują sprendimą

Upės, ežerai, jūros ir vandenynai turi dugną

Kiekvieno vandens telkinio gylis ne simetriškas, o atsitiktinis

Kalvos gali būti aukštos arba žemos, žalios arba baltos ištisus metus

Tačiau dėl visko savybių svarbūs tik atomai

Gamtos grožis, žvaigždės ar moterys – visa tai yra atomų krūvos

Niekas negali pamatyti nieko grožio be nuotraukų

Pagrindinės dalelės ir atomai padarė viską kartu

Ankstyvajame formavimosi etape žmonės nieko nekontroliuoja

Taip pat žmonės nepadarė nieko, kad paspartintų ar sulėtintų evoliucijos procesą

Kad pasaulis taptų geresnis meile ir brolybe, galime apsispręsti.

Fermi-Dirac statistika

Kasdieniame gyvenime mes matome daug žmonių be bendravimo

Fermi-Dirac statistika gali suteikti mums pagrįstą supratimą

Statistika tinka tiek klasikinei, tiek kvantinei mechanikai

Kiekvienas žmogus turi skirtingą mąstymą, požiūrį ir dinamiką

Kiekviena pamatinė dalelė turi savo termodinaminės pusiausvyros būdus

Net ir be išmatuojamos masės dalelės turi savo impulsą

Bose-Einstein statistika taip pat taikoma identiškoms, neatskiriamoms dalelėms

Visas dalelių apibūdinimo procesas yra sudėtingas ir nėra paprastas

Tam tikru momentu, begaliniame kosmose, mūsų supratimas sugenda

Tačiau žmogaus proto ir fizikos smalsumas niekada nesibaigia.

Nežmoniškas mentalitetas

Žmonės tapo nežmoniški ir žiaurūs

Nors šiais laikais istorinės dvikovos nebūna

Tačiau norint nužudyti nekaltą, smulkmena gali duoti kuro

Tolerancija mažėja greičiau nei mažėjančios grąžos įstatymas

Jei palaikysite tiesą ir teisingumą, kita kulka gali būti jūsų eilė

Dėl nedidelių incidentų daugelis miestų žmonės beprotiškai dega

Bet kurią akimirką, bet kur ir dėl bet kokios priežasties mirtinas smurtas gali sugrįžti

Žmonės dabar yra ištroškę žmogaus kraujo

Pasaulyje daugiau žmonių miršta nuo smurto nei nuo niokojančių potvynių

Jėzaus auka už žmoniją dabar yra menka, nes žiaurumas yra didžiausias

Dėl smurto, karo, neapykantos, netolerancijos žmonijos audinys greitai nutrūks.

Verslo procesas

Ar gyvenimas yra tik verslo procesas, siekiant maksimaliai padidinti produktyvumą ir pelną

Arba tai yra natūralus procesas, prisidedantis prie evoliucijos ir pažangos

Visa visuomenė dabar tampa produktų rinkodaros vieta

Kaip kvailioti žmones dabar yra didelis įgūdis norint išgyventi ir būti geriausiais

Neįmanoma tęsti tiesos ir būti paprastu bei sąžiningu

Egzistuoja begalinis godumas turtui ir išgarsėjimui

Psichiniam praturtėjimui niekas nenori leisti laiko ar skaityti knygos

Rinkoje kažkaip turite parduoti savo paslaugas ar produktą

Tai visada atima iš socialinio audinio, santykių ir vertybių

Jei negalite daryti rinkodaros ir uždirbti pelno, nieko gyvenime negalite sukurti.

Ilsėkis ramybėje (RIP)

Kai aš mirsiu, kas nors gali parašyti nekrologą

Tačiau pasakymas, kad ilsėkitės ramybėje, bus pagrindinis komentaras

Dabar manęs niekas neklausia, ar aš ramus, ar ne

Net mano artimiausi draugai taip pat patenka į tą pačią aikštelę

Nieko neklausiau dėl jų ramybės

Po draugų mirties iki šiol taip pat vadovaujuosi tomis pačiomis priemonėmis

Mirtis dabar yra labai pigi ir be emocijų mums visiems

Nors tiesa, kad vieną dieną visi įsės į autobusą

Po mirties ramybė ir laimė tampa nebesvarbūs

Ilsėkis ramybėje – tai visai nesenas šiuolaikinio gyvenimo būdo patentas

Žmonės per daug užsiėmę ir neturi laiko ramybei bei poilsiui

Po mirties pasakyti draugams ramybėje yra lengva ir geriausia.

Ar sielos tikros, ar vaizduotė?

Sielų egzistavimas visada kvestionuojamas, nes nėra jokių mokslinių įrodymų

Gyvų būtybių sąmonė yra tikra, bet ar tai apvaizdos reikalas?

Sielų hipotezė yra giliai įsišaknijusi, išgyvenusi civilizacija po civilizacijos

Sielos ir jos tęstinumas po mirties yra neatsiejama daugumos religijų dalis

Norėdami tai įrodyti, įsikūnijimas ir pranašai yra religinis sprendimas

Tačiau iki šiol nepavyko rasti trūkstamos kūno ir sielos grandies

Aukštesnės kategorijos sąmonės priežastis taip pat liko neišaiškinta

Begalinėse galaktikose mokslo tyrinėjimai tėra mažos dulkės

Mokslas privalo atsakyti į aktualius klausimus apie sielas ir sąmonę

Priešingu atveju laiko srityje daugelis mokslo hipotezių surūdys.

Ar sielos tikros, ar vaizduotė?

Sielų egzistavimas visada kvestionuojamas, nes nėra jokių mokslinių įrodymų

Gyvų būtybių sąmonė yra tikra, bet ar tai apvaizdos reikalas?

Sielų hipotezė yra giliai įsišaknijusi, išgyvenusi civilizacija po civilizacijos

Sielos ir jos tęstinumas po mirties yra neatsiejama daugumos religijų dalis

Norėdami tai įrodyti, įsikūnijimas ir pranašai yra religinis sprendimas

Tačiau iki šiol nepavyko rasti trūkstamos kūno ir sielos grandies

Aukštesnės kategorijos sąmonės priežastis taip pat liko neišaiškinta

Begalinėse galaktikose mokslo tyrinėjimai tėra mažos dulkės

Mokslas privalo atsakyti į aktualius klausimus apie sielas ir sąmonę

Priešingu atveju laiko srityje daugelis mokslo hipotezių surūdys.

Ar visos sielos yra to paties paketo dalis?

Ar skirtingų gyvų būtybių sielos yra to paties programinės įrangos paketo dalis?

Kiekviena siela turi kvantinį susipynimą, bet skirtingą bagažą

Evoliucijos metu visos gyvos būtybės taip pat yra ekologinės vergijos

Daugelis rūšių išnyko, nes laikui bėgant jos neprogresavo

Žmonės, pasiskelbęs aukščiausias gyvūnas, dabar ieško tų išgelbėjimo būdų

Tačiau trūksta ryšio tarp programinės įrangos ir aparatinės įrangos

Mokslas, religijos ir filosofija turi savo unikalų mąstymą

Niekas negali įtikinamai įrodyti, kad jų hipotezė yra teisinga

Kai smalsūs protai užduoda sunkius klausimus, visi atsitraukia

Sielos kūno santykių klausimu iki šiol religijos turi didesnę įtaką.

Branduolys

Be branduolio joks atomas negali susidaryti ar egzistuoti kaip atomas
Pagrindinės dalelės per se negali būti materija
Visatoje esantys dalykai gali turėti hipotezę, kurią geriau paaiškinti
Saulės sistema negali egzistuoti ir tęstis be saulės
Palydovai taip pat balansuoja jėgas, o ne žmonių pramogoms
Be centrinio branduolio, turinčio didžiulę energiją, kosmose negali būti tvarka
Nesvarbu, ar tai Dievas, ar kažkas kita, fizika turi kasti toliau
Atstumai tarp žvaigždžių ir galaktikų mūsų raketai nepasiekiami
Iki šiol tyrinėti kiekvieną mūsų galaktikos kampelį nėra mūsų kišenės
Tačiau daugelis žmonių yra pasirengę visam laikui išeiti į kosmosą, pirkdami brangų bilietą
Šis smalsumas ir siekis pažinti nežinomybę yra civilizacija
Naudojant kvantines technologijas, kosmoso tyrinėjimas įgaus pagreitį
Kol rasime galutinį branduolį arba tiesą už žvaigždžių susiejimo
Tegul žmonės džiaugiasi savo religiniais įsitikinimais ir maldomis.

Už fizikos ribų

Už keisto fizikos pasaulio, biologijos pasaulio

Atomų derinys sukūrė baltymų molekules

Atsirado virusai ir vienaląsčiai organizmai

Informacijos nešėjas DNR pradėjo evoliucijos procesą

Fizikos ir biologijos susiejimas gali duoti esminį sprendimą

Atvirkštinė inžinerija per genetiką gali parodyti, kaip atsirado gyvybė

Visagaliam Dievui žaidime gali nieko nebūti

Be fizikos yra meilė, žmogiškumas ir motinystė, suteikianti naują gyvenimą

Kaip ir protono ir elektrono derinys, mes turime vyrą ir žmoną

Kūrybos paslaptis tęsis net po kvantinės mechanikos

Kai kurie fizikai pateiks mums naujų idėjų apie egzistavimą su nauja hipoteze

Gyvenimas ir toliau konkuruos su dirbtiniu intelektu ir karais

Žmonės gali nerasti egzistavimo priežasties, bet kolonizuos žvaigždes.

Mokslas Ir Religija

Mokslas niekada nesiremia religiniu tekstu, kad įrodytų savo teorijas

Mokslinės teorijos ir hipotezės nėra pagrįstos prisiminimais

Religinis tekstas pradinėse civilizacijos stadijose perduodamas iš kartos į kartą

Tie tekstai visada bando gauti patvirtinimą iš mokslų

Jei Dievas egzistuoja kitoje galaktikoje, religinis tekstas nėra jo versija

Norėdami tai patvirtinti, religiniai lyderiai neturi sprendimo

Dažnai jie nurodo gabalėlį valgio eilėraštį, kad įrodytų, kad tai pagrįsta mokslu

Tačiau gynyboje nėra matematinių nuorodų į pagrindinius įstatymus

Pranašai ir religiniai valdovai nėra mokslinių teorijų išradėjai

Panašu į gamtą, o gamtos dėsniai yra tik pasekmės

Religija ir mokslas gali būti dvi medalio pusės, vadinamos gyvenimu

Tačiau kalbant apie laboratoriją ar fizinį testą, religijos slysta.

Religijos ir daugialypė visata

Kad ir kur būtumėte, būkite laimingi ir gyvenkite ramiai

Taip daugumos religijų požiūris į sielas

Ar tai reiškia, kad religijos žino apie paralelinę visatą

Arba tai lengviausias kelias į vienatvę artimiems ir brangiems žmonėms

Kelių visatų samprata būdinga kelioms religijoms

Tačiau tai buvo už kvantinio susipainiojimo ir konkrečių sprendimų

Netgi dabartinė paralelinės visatos samprata yra be krypties

Fizika gilinasi į atomo ir pagrindinių dalelių vidų

Užuot tapę konkretūs, būkite filosofiški su kliūtimis

Net ir didesnio dydžio visatoje kosmologinės konstantos skiriasi

Tada visa teorija ar hipotezė pradėjo kelti abejonių ir kentėti

Religijos yra tikėjimo dalykas ir tikintieji niekada neprašo įrodymų

Net patys moksliškiausi ir racionaliausi protai niekada nesako, kad vaizdas yra kvailas.

Mokslo ir multivisatos ateitis

Kai žmonės miršta, artimieji sako: gyvenk taikiai, kad ir kur būtum

Šis religinis požiūris yra giliai įsišaknijęs visuomenėje ir per toli

Žmonės paguodžia išvykimo skausmą ir bando išgydyti randą

Dauguma tų žmonių nežino apie kvantinį susipynimą

Nesvarbu, ar multivisata egzistuoja, ar ne, jiems visai nesvarbu

Kaip ir visi gyvūnai, žmonės taip pat bijo mirti ir palikti pasaulį

Taigi gyvenimo kitoje galaktikoje samprata galėjo išsiskleisti

Taip pat gali būti, kad mūsų civilizacija yra senesnė, nei teigia įrodymai

Prieš milijonus metų čia pakeliui galėjo būti pažengusių būtybių

Žmonės iš pasaulio galėjo bendrauti su tais padarais

Išvykę į paskirties vietą, žmonės pradėjo melstis

Kitų visatų egzistavimas kilo iš lūpų į lūpas

Ilgainiui gyvybės egzistavimas kitose visatose tampa tvirtas

Fizika dabar turi hipotezę apie multivisatą, kad paaiškintų gamtą

Jei multivisatos tikrai egzistuoja kitose galaktikose, mokslo ateitis bus kitokia.

Medaus bitės

Pasaulyje dauguma žmonių gyvena kaip bitės
Jei pažvelgsite iš aukščiau, didžiuliai pastatai yra medžiai
Savo gyvenamosiose bendruomenėse jie neturi tapatybės
Tačiau kaip avilių bitės, kiekvienas gyvena savo namuose solidariai
Jie dirba ir dirba savo atžaloms, be jokio poilsio
Visada stenkitės duoti savo vaikams tai, kas, jų nuomone, yra geriausia
Kaip ir bitės tik naktį, jos ilsisi
Vieną dieną jų kojos tampa silpnos vaikščioti, o rankos – dirbti
Iki to laiko jų vaikai suauga ir pradėjo sūpuoti
Senelių namuose ar prieglobstyje invalido kūnas užrakinamas
Visi kažkada pamiršo, kaip sunkiai dirbo
Kaip ir bitės, jos taip pat krenta ant žemės, niekas nepastebėjo
Tačiau žaliomis dienomis kai kurių žmonių neįtikinti, kad nori džiaugtis gyvenimu.

Tas pats Rezultatas

Kvantinė mechanika niekada neskiria optimisto ir pesimisto

Skirtumas gali būti dėl kvantinės tikimybės arba įsipainiojimo

Optimistas ir pesimistas yra dvi tos pačios monetos pusės pasaulyje

Tačiau kasdieniame gyvenime jie atsiskleidžia įvairiais būdais, skirtingai

Kriketo ir futbolo žaidime galite laimėti net ir pralaimėję metimą

Esant pesimizmui, žmogus ilgainiui gali laimėti su kryžiaus palaiminimu

Optimizmas negarantuoja sėkmės ir laimės visą gyvenimą

Daugeliui optimistų ilgainiui optimizmas lieka tik ažiotažas

Pesimistai miršta tik vieną kartą, taip pat laimingai, nesigailėdami dėl nesėkmės

Būkite tikri, kad optimistai miršta kelis kartus po to, kai kiekviena svajonė žlunga

Optimistui ar pesimistui vienintelis būdas yra judėti toliau ir baigti žaidimą

Nepaisant laisvos valios, sunkus darbas, kvantinis susipynimas duos tą patį rezultatą.

Kažkas Ir Nieko

Kažkas ir nieko, nieko ir kažkas

Dievas, ne Dievas, ne Dievas, Dievas labiau mįslingas nei kiaušinis prieš vištą

Didysis sprogimas arba be pradžios, be pabaigos, tik plėtra ir plėtra

Tamsi energija arba jos nėra, visata plečiasi arba tiesiog miražas

Antimedžiaga ir pagrindinės dalelės turi savo vaidmenis ir atstumą

Pirmiausia buvo suformuluoti fizikos dėsniai arba pirma atsirado visata

Ar taip pat rimtas klausimas, kaip kažkas ir nieko, neturėtų rūdyti

Norint pažinti gamtą ir visatą, kiekvienas klausimas turi turėti atsakymą

Kaip reikia integruoti fiziką, biologiją, chemiją, matematiką

Žmogaus emocijos ir sąmonė taip pat skiriasi

Taip pat neaišku, ar gali pasisukti lentelė, teorija apie viską

Tarpusavyje religijos turi galią priversti pasaulį sudeginti

Net po genomo sekos nustatymo ir žinant kvantinį susipynimą

Žmonės yra laimingi ir patenkinti prenumeruodami religinę gyvenvietę

Nes fizika dar toli, kad nuspręstų ką nors ar nieko.

Poezija geriausiu mastu

Geriausia kada nors parašyta mokslinė poezija buvo apie masę ir energiją

Dėl to erdvė, laikas, masė ir energija turi būti paaiškinti sinergija

E lygus mc kvadratui amžiams pakeitė daugelį dalykų fizikoje

Bet kokių mokslo dėsnių, kaip ir materijos energijos santykio, populiarumas yra retas

Netgi Niutono judėjimo dėsniai atsilieka nuo populiarumo

Materijos ir energijos dvilypumas sugriovė klasikinės fizikos viešpatavimą

Tai atvėrė nežinomą kvantinės teorijos ir mechanikos pasaulį

Poezija, paaiškinanti didžiąją dalį mūsų matomo pasaulio, yra materijos energijos lygtis

Reliatyvumo teorija išsprendė daugybę nepaaiškintų dalykų

Gravitacija, elektromagnetinė jėga, stiprios ir silpnos branduolinės jėgos yra nematomos

Tačiau jų taikymas inžinerijoje padarė šį modernų pasaulį įmanomą

Aiškinant gamtos filosofiją, dera poezija ir fizika.

Plaukų žilimas

Žili plaukai ir senatvė nereiškia žinių ir išminties

Net ir tolimoje gyvenimo pabaigoje po aštuoniasdešimties daugelis žmonių gyvena kvailių karalystėje

Dauguma žmonių nesimoko iš patirties ir praeities

Taigi jų nebrandumas ir kvailumas išlieka iki paskutinio atodūsio

Turint laipsnius ir turtus, niekas negali paversti džentelmenu

Neturėdamas vertybių ir jausmų širdyje, tu gali tapti tik pardavėju

Žinios ir išmintis su vertybėmis padarys jus iš esmės gerus

Net su vargšiausiais vargšais negalima elgtis grubiai

Vertybiniai sąžiningi žmonės dabar labiau reikalingi visuomenei

Mums nereikia profesionalų ir išsilavinusių korumpuoto mentaliteto.

Nestabilus žmogus

Dauguma žmonių yra nestabilūs ir turi psichikos sveikatos problemų

Nepaklusnus jaunų vyrų elgesys, elektronai gali turėti supratimo

Fizika gali mums paaiškinti, kodėl dangus nėra tikras, bet atrodo mėlynas

Net ir dabar vaistai negali greitai išgydyti peršalimo ir sezoninio gripo

Kodėl kai kurie virusai vis dar neįveikiami, nei fizikai, nei gydytojai neatsako

Puikus orų ir kritulių prognozavimas yra labai ribotas ir retas

Žmogaus gyvenime smegenys išskiria milijardus neutronų, kad parodytų emocijas

Bet kokiu būdu jis veiks, joks fizikas negali pateikti teisingos prognozės

Kiekvienos ateities akimirkos kvantinė tikimybė yra neribota

Bet kurią akimirką, bet kokioje avarijoje geriausias gydytojas gali žūti.

Tegul poezija būna paprasta kaip fizika

Kodėl poezija negali būti tokia paprasta kaip matematika ir fizika
Tiesa visada paprasta, aiški ir jai nereikia sunkių žodžių
Poezija neturi būti kieta, kad nesupranta paprastas žmogus
Apie vidines išraiškas turi žinoti ne tik elitinės klasės
Kaip ir planetų judėjimo dėsniai, poezija turi būti paprasta ir graži
Poezija turi sugebėti įlieti geresnes žmogiškąsias vertybes, kad gyvenimas būtų linksmas
Niutono dėsniai yra tokie paprasti ir lengvai suprantami
Visus planetų judesius paprastai galime nupasakoti
E lygus mc kvadratui paaiškina materijos energijos dvilypumą be sudėtingumo
Fizika ir poezija gali lengvai derėti kartu, kad gyvenimas būtų geresnis
Sunkūs žodžiai ir tik turinti vidinę prasmę, poezija netaps stipresnė
Nėra poezijos apibrėžimo, ji mažiau panaši į galaktikas už Paukščių tako
Apie matematiką ir fiziką galima lengvai pasakyti paprasta poezija.

Maksas Plankas Didysis

Kvantinė mechanika išsivystė iškart po visatos sukūrimo

Pagrindinių dalelių elgesys buvo nestabilus, atsitiktinis ir įvairus

Greitai laiku atsirado elektronas, protonas, neutronas, fotonas

Niekas nežino, iš kur atsirado reikalinga pradinė kibirkštis ir jėga

Milijardus metų tvarkingas singuliarumas persikėlė į chaosą, padidinantį entropiją

Ar visata, materijos ir energija yra naujas senos kopijos prototipas?

Maxas Planckas atrado kvantinę teoriją po to, kai homo sapiens atėjo į Žemę

Šiuolaikinė fizika ir kvantinė mechanika, jo atradimas pagimdė

Nors žmonės atėjo į pasaulį per evoliucijos procesą

Elektronai, protonai, neutronai niekada nepraėjo evoliucijos, fizika neturi sprendimo

Vis dar per daug trūksta grandžių aiškinant, iš kur atsirado energija

Kuriant visatą fizika ir evoliucija nėra vienintelis žaidimas.

Stebėtojo svarba

Kadaise pasaulį valdė dinozaurai ir kiti ropliai

Dėl evoliucijos ir natūralios atrankos kai kurie pradėjo skraidyti

Protingos ir mieguistos rūšys liko vandenyne ir jūrose

Auksinės dinozaurų taisyklės metu žemė sukasi aplink saulę

Saulėgrąža žino saulėtekį ir saulėlydį ir atitinkamai pasisuka

Nė viena gyva būtybė nesijaudino dėl žemės sukimosi ir revoliucijos

Netgi nei navigacijoje, migruojantys paukščiai buvo tikslūs ir labai protingi

Tūkstančius metų net homo sapiens nežinojo apie revoliuciją

Kol protingasis Galilėjus nepateikė pasauliui stulbinančios radikalios postulos

Gyvūnai nesipriešino sukimosi ir revoliucijos teorijai

Tačiau kolegos homo sapiens ryžtingai priešinosi Galileo ir jo teorijai

Galilėjus buvo nuteistas už mąstymą kitaip ir prieš senus įsitikinimus

Tačiau, kaip tiesos skelbėjas, jis patvirtina savo teoriją ir bando priešintis

Jo žodžiai „vis dėlto juda" rodo stebėtojo svarbą

Tik stebėtojai, turintys žinių ir vaizduotės, gali pakeisti pasaulį amžinai

Reliatyvumas egzistavo nuo mūsų Saulės sistemos pradžios

Einšteinas pastebėjo ir įvardijo tai kaip naują fizikos dalyką

Stebėtojo svarba dabar įrodoma per kvantinį susipynimą

Tačiau tikrovė yra nenutrūkstamas ir net visata nėra nuolatinė.

Mes Nežinome

Ar mirtis yra žmogaus banginių funkcijų žlugimas?

Protonų, neutronų ir elektronų krūvai suirti reikia laiko

Ar pagrindinių dalelių kvantinis įsipainiojimas tęsiasi kape?

Neturime atsakymų nei kvantinio lauko teorijoje, nei kvantinėje mechanikoje

Vienintelė viltis yra palaukti, kol visa teorija tai paaiškins

Net tada niekas nežino, ar jis tilps po kapu

Laiko srityje ateis ir praeis naujos teorijos, hipotezės

Technologijų pažanga dabar niekada netaps lėta

Kiekviena teorija ir hipotezė visada atneš naujo švytėjimo

Tačiau atsakymų į kai kuriuos klausimus, mokslas ir filosofija gali pasakyti, mes nežinome.

Kas atsiranda

Atsiranda sąmonė, kvantinis susipynimas ir paralelinė visata

Didysis sprogimas kaip pradžia iš nieko pamažu smunka

Tamsioji energija, juodoji skylė ir antimedžiaga be išvadų vibruoja

Stygų teorija ir visatos kraštas bei kelionės laiku vis dar glumina

Įdomus yra dirbtinis intelektas ir žmogaus smegenų ryšys

Dievo dalelė netampa visagalė, kaip mes manome

Bet kurią akimirką gali prasidėti branduolinis karas, o žmonių civilizacija gali nuskęsti

Su kvantine fizika meilė, neapykanta, ego ir biologinis poreikis neturi jokio ryšio

Prireiks dar kelių tūkstančių metų, kad lyčių lygybė ir dangus būtų rausvas

Niekas nesijaudino dėl aplinkosaugos, ekologijos ir nematė jų žvilgsnio

Žmogaus amoralumas gali visiškai pakeisti gyvų būtybių ekosistemą

Tačiau žmogaus gyvenimas tęsis su godumu, egoizmu, pavydu ir savigarba

Gravitacija, branduolinės jėgos, elektromagnetizmas išliks pagrindiniais dalykais

Norint išlaikyti žmonių visuomenę kartu, meilė, seksas ir Dievas išliks svarbūs

Mokslo ir technologijų pažanga siekiant egzoplanetos bus eksponentinė.

Eteris

Mūsų tėvas sakė, kad jie mokėsi eterio mokykloje ir koledže

Apie eterį jis turėjo daug informacijos ir gilių žinių

Eteris vaidino svarbų vaidmenį paaiškinant šviesos ir bangų sklidimą

Manoma, kad eteris yra nesvarus ir neaptinkamas

Tačiau reliatyvumo teorija ir kitos teorijos pasmerkė jos ateitį

Eterio hipotezė išnyko iš mūsų mokyklinių knygų

Mūsų fizikos knygose mūsų tėvas atrodė stebėtinai

Dabar turime tamsiąją materiją ir tamsiąją energiją, o eteris yra sena istorija

Po šimto metų tamsioji energija ir juodoji skylė gali turėti tą pačią istoriją

Fizika taip pat vystosi, kaip ir gyvybės evoliucija gamtos pasaulyje

Kada nors mūsų proanūkiams šiandienos fizika bus pasakyta kaip istorija.

Nepriklausomybė nėra absoliuti

Nepriklausomybė nėra absoliuti, ji santykinė, suvaržyta visuomenės, tautos

Absoliuti nepriklausomybė nėra pageidautina ir gali sukelti chaosą ir destrukciją

Laisvą valią taip pat riboja gamtos jėgos ir kvantinė tikimybė

Kad veiksmas būtų atliktas laisva valia, galime tik tikėtis, nes yra galimybė

Net ir esant mažai tikimybei, bangos lygtis gali žlugti iki neigiamos

Taip yra todėl, kad gamtoje viskas nėra vienoda

Mūsų viltys yra sudėtingos emocijos su sąmone ir neuronais

Bangų funkcijos gali žlugti dėl aplinkos apribojimų

Tai nereiškia, kad mūsų laisvieji niekada nematys fotonų šviesos pavidalu

Kartais rezultatas ar vaisius tampa labai jaudinantis ir per ryškus

Kadangi rezultatas arba vaisius yra laiko produktas domeno vardo ateityje

Mūsų tikslas ir pareiga – kuo geriau veikti laisva valia, poilsį palikite gamtai.

Priverstinė evoliucija, kas atsitiks?

Evoliucija juda į priekį nuo virusų iki amebų iki dinozaurų ir kitų rūšių

Galingas dinozauras išnyko, tačiau daugelis rūšių išgyveno ir pajudėjo į priekį

Ilgainiui atsirado homo sapiens ir motina žemė gavo geriausią atlygį

Nors trūksta jungčių nuo jūros iki kranto ir skrendant į orą, beždžionė prie žmogaus

Evoliucija vyko per natūralią atranką, kad išgyventų, kad sodo Edene būtų sukurtas žmogus

Jokia evoliucija neprasideda aukštesne tvarka, o judėjimas atgal didėja mąstymo sutrikimas

Taip yra todėl, kad visatos entropija laiko srityje niekada nesumažėja

Laikas gali būti iliuzija, o skirtumas tarp praeities, dabarties ir ateities yra labai mažas

Tačiau daryti geriau ir judėti pirmyn yra prigimtinė gamtos nuosavybė ir kultūra

Žmonių civilizacijoje ugnis ir ratas taip pat buvo prieš žemės ūkio atradimą

Milijonus metų gimimas ir mirtis yra visų gyvų būtybių, silpnų ar stiprių, dalis

Tik kai kurie medžiai, vėžliai ir banginiai gyveno patogiai ilgai

Dabar mokslininkai sakė, kad nemirtingumas bus tik homo sapiens, o ne kitiems

Niekas nežino, kas atsitiks nemirtingoje karalystėje su mūsų broliais gyvūnais

Ar nemirtingi vyrai kada nors apraudos savo jau mirusių motinų ir tėvų?

Mirk jaunas

Šimtas dvidešimt metų, kuriuos žmogui duoda gamta, yra optimalu

Šis ilgaamžiškumas atėjo per natūralios atrankos procesą

Dirbtinai ilginant žmogaus ilgaamžiškumą, gali prasidėti natūralus procesas

Niekas negali tvirtai pasakyti, kad nebus jokio ekologinio naikinimo

Tik susikoncentravimas į homo sapiens, kitų ignoravimas, kvaila vaizduotė

Šimto dvidešimties metų pakanka tyrinėti dabartinį pasaulį

Tokiame amžiuje žmogui, gyvenančiam Žemės planetoje, niekas nelieka neapsakomo

Jis pasieks savo misiją, tikslus ir pasieks savirealizacijos stadiją

Jam, o ne plataus vartojimo prekių pirkimas, bus svarbus dvasingumas

Esu kūno ir proto pusiausvyra, artimo ir brangaus išvykimas paskatins skepticizmą

Pasaulis dabar yra maža vieta kelionėms ir turizmui praleisti laiką

Kai žmogus sukūrė gyvenvietę už Saulės sistemos ribų, gali būti gerai, kad vyresnis amžius

Reliatyvumas keliaujant į egzoplanetą gali išlaikyti juos fiziškai jaunus

Norint apsigyventi naujoje vietoje už milijonų šviesmečių, protas taip pat išliks stiprus

Iki tol geriau mylėk, šypsokis, žaisk, tausok aplinką ir mirti jaunas.

Determinizmas, atsitiktinumas ir laisva valia

Nušautas maršrutas kryžkelėje pasirinkau laisva valia

Bet medžiai nuvirto ant mano automobilio dėl audros atsitiktinumo

Ar mano laikas ligoninės lovoje savaitę buvo nustatytas iš anksto?

Turėjau galimybę važiuoti į priekį iki tikslo greitkeliu

Kas ir kodėl mano kelionė be priežasties buvo sustabdyta įpusėjus?

Kasdieniame gyvenime daug kartų esame sutrikę, kodėl aš taip apsisprendžiau

Jei būčiau pasirinkęs kitą kelią, gyvenimas būtų buvęs geresnis

Dėl proto atsitiktinumo mes pastūmėjome į išvengiamą padėtį

Laisva valia taip pat visada nesuteikia mums geriausio įmanomo kelio be blaškymosi

Net ir esant laisva valia, ar Heisenbergo neapibrėžtumo principas yra vienintelis sprendimas?

Fizikos žinios arba nežinios, viskas vyksta taip, kaip atsitiko

Geriausias automobilio vairuotojas, kartais patekęs į neįprastą automobilio avariją, žuvo

Gelbėti motiną ir naujagimį, atliekant cezario pjūvį, ginekologas visada stengėsi

Tačiau atsitiktinai jų pastangos ir patirtis kažkam nepasiteisino

Sveikos motinos mirties priežasčių niekas negali paaiškinti.

Problemos

Problemos egzistuoja visur: savyje, šeimoje, vietovėje, mieste, valstijoje, šalyje, pasaulyje ir visatoje

Kartais du žmonės negali gyventi kartu, jie negali išspręsti skirtumų

Kartais bendroje šeimoje, kurioje yra per daug žmonių, jie taip pat gali išspręsti sudėtingą problemą

Maža šalis, kurioje mažiau nei milijonas metų kovoja už atsiskyrimą, žuvo tūkstančiai

Didelė šalis, turinti milijardą gyventojų, sprendžia konfliktus ir juda toliau, pašalindama kliūtis

Kasdien susiduriame su milijonais virusų ir bakterijų, tačiau mes gyvename su šia problema

Ekologijos ir aplinkos naikinimas užkrauna mūsų gyvenimus, papildoma našta

Tačiau mes priimame pakeitimus, mūsų noras išspręsti problemą nėra staigus

Konfliktų sprendimo mechanizmas žmogaus DNR ir civilizacijoje yra labai aktualus

Keista, kad karo klausimu žmogaus proto ego konfliktus paverčia nuolatiniais

Šeimos iširo, brolybė išgaravo, godumas sparčiai auga

Tačiau kaip tauta, žmonės vis tiek rodo bendrumą ir nematomą privalomumą

Kvantinis įsipainiojimas atsiranda per stichinę nelaimę tarp priešų

Priešiškos tautos karuose, leidžia dirbti kartu žmonijai, jų kovojančioms armijoms

Konfliktus išspręsti lengva, jei lyderiai naudojasi savo širdimis, o ne manekenais.

Gyvenimui reikia mažų dalelių

Gyvenimas neįmanomas be nesvarių dalelių fotonų

Gyvenimas neįmanomas be neigiamai įkrautų elektronų

Anglis, vandenilis, deguonis ir per daug gyvybei būtinų elementų

Be evoliucijos ir biologinės įvairovės žmogaus gyvybė žemėje negali siekti

Aplinka, ekologija, biologinė įvairovė yra trapi ir kaip avilys

Homo sapiens manė, kad jie yra saulės sistemos karaliai

Mes pamirštame, kad, kaip ir bet kurios kitos gyvos būtybės, mūsų egzistavimas taip pat yra atsitiktinis

Per daug kintamųjų gali numušti nuo bėgių mūsų obuolių krepšelį, kol to nesuvokiame

Neįmanoma tiksliai numatyti impulso ir padėties

Netikėti ir nežinomi dalykai gali nutikti be žmogaus raštingumo

Netgi mūsų gyvenimo praeitis ir ateitis nepriklauso nuo mūsų

Gyvybė žemėje yra nepastovi nei benzinas ir patruliai

Meilę, brolybę, laimę, džiaugsmą galime lengvai sukurti arba sulaužyti

Kad pasaulis taptų gražia ir dangiška vieta, mums reikia šiek tiek skausmo

Priešingu atveju, kaip dinozaurai, iš šio pasaulio, būsime priversti pakuotis.

Skausmas Ir Malonumas

Malonumas ir skausmas yra du neatsiejami gyvenimo komponentai

Reliatyvumas ir įsipainiojimas veikia visose egzistencijos srityse

Kūno skausmas gali būti išreikštas veido išraiška

Be to, sielos skausmas gali atsispindėti kūne, net jei slepiamės

Proto ir kūno santykiai yra taip puikiai susipynę, kad gyvenimas galėtų važiuoti

Protas neegzistuoja be fizinio materijos kūno

Tačiau be proto atomų krūva negali padaryti nieko daugiau ir geriau

Materijos energijos lygtis yra labai paprasta, bet sunkiai įgyvendinama

Proto kūno įsipainiojimas taip pat gali būti kitokia bangos forma

Mūsų pasireiškimas per proto kūno įsipainiojimą taip pat yra atsitiktinis

Gamta žino paprastą būdą paversti materiją energija ir atvirkščiai

Štai kodėl planetoje egzistuoja žvaigždės, galaktikos, visata ir mes visi

Medžiagos pavertimo energija mechanizmai ir atvirkščiai, gyvoms būtybėms yra būdingi

Kai žmonijos civilizacija sugebės atrasti šį paprastą triuką

Chlorofilas fotosintezei bus mūsų genetinės plytos dalis.

Fizikos teorija

Vargšai ir turtingi, turi ir neturi

Fizikos dėsniai vienodai galioja visiems

Kiekvienai gyvai būtybei obuoliai visada kris

Nors obelys gali būti žemos arba aukštos

Gravitacija yra vienoda visuose žaidimuose, nesvarbu, ar kriketas, ar futbolas

Fizikos grožis yra tas, kad ji niekada nediskriminuoja

Ne taip, kaip įstatymų viršenybė, kuri visada stengiasi skirtis

Gamta paprasta, todėl ir gamtos dėsniai, fizika tik paaiškina

Tai, kaip paprastai žmogaus smegenys gali suprasti, yra pagrindinė logika

Kad suprastume bet kokį gamtos dėsnį, mums reikia, kad mūsų smegenys treniruotųsi

Dauguma fizikos hipotezių pirmiausia buvo išvestos atliekant skaičiavimus

Taigi kai kuriems gamtos reiškiniams galime lengvai paaiškinti

Teorijos, išbandytos eksperimentais ir įrodytos klaidingos

Jie visą laiką buvo išmesti iš žmonių civilizacijos

Tikros teorijos atlaikė eksperimentų išbandymą ir tapo stiprios.

Kad ir kas atsitiko, atsitiko

Nepriklausomai nuo mūsų laisvos valios, viskas vyksta kitaip

Kad ir kas nutiktų, mes neturime kito pasirinkimo pakeisti

Daiktai ar incidentai įvyksta tada, kai tai turi įvykti

Neturime kitos išeities, kaip tik priimti realybę

Iki šiol technologijos negali sugrąžinti mūsų į praeitį

Fizika sako, kad nėra skirtumo tarp praeities, dabarties ir ateities

Visose trijose srityse laikas yra tos pačios savybės ir pobūdis

Tačiau mūsų smegenys yra sujungtos su šviesos greičiu įvykių horizonte

Iliuzija, vadinama laiku, gali nustatyti tik mūsų momentinę padėtį

Tai taip pat gali būti priežastis, kodėl daugelis religijų mano, kad gyvenimas yra iliuzija

Nei klasikinė mechanika, nei kvantinė mechanika neturi paaiškinimų

Kodėl du žmonės, turintys tą patį DNR kodą, turi skirtingas emocines išraiškas

Jei laikas yra iliuzija ir mes gyvename trimatėje hologramoje

Tada kyla klausimas, kaip ir kas sukūrė tokį didelį programavimą

Tačiau realybė yra tokia, kad, norėdami priversti savo valią, mes neturime sprendimo.

Kodėl emocijos yra simetriškos?

Vargšai ar turtingi, sėkmingi ar nesėkmingi – tai krūvos pagrindinių dalelių

Atomai galingųjų karalių kūne nesiskyrė nuo jo pavaldinių

Emocijos teikia tą patį džiaugsmą, laimę ir ašaras, nepaisant rasės

Kai Jėzus buvo nukryžiuotas, jo kūno skausmas nesiskyrė nuo kitų

Niekas nežino religijos, tautų vardu, kodėl mes žudome kitus

Net gyvūnų emocijos taip pat yra vienodos ir simetriškos

Kai žmonės juos žudo siekdami malonumo, žmogaus emocijos nėra intelektualios

Žmogus niekada negalvojo, kad visatoje viskas yra iš tos pačios medžiagos

Štai kodėl Jėzaus nukryžiavimas yra svarbus, o civilizacijai ne periferinis

Žmogaus gyvybei tokios emocijos kaip meilė, neapykanta, pyktis turi būti racionalios

Kai pamirštame apie gyvenimo simetriją ir nejaučiame kitų skausmo

Jėzaus auka bus bergždžia, o mūsų gyvenimas bus beprotiškas

Moralė, etika ir žmogiškumas žlugs, jei dalelės taps asimetriškos

Visos fizikos, filosofijos ir mokslo teorijos bus hipotetinės

Gyvų būtybių egzistavimui šiame pasaulyje būtina ne panašumas, o simetrija.

Gilioje tamsoje taip pat judame toliau

Kai įeinu į gilią gyvenimo tamsą
Stengiuosi sustiprinti savo sukibimą
Kelias per slidus judėti
Mano lazda svarbesnė už mano maldas
Tačiau maldos rodo kelią kaip ugniagesiai
Kad judėčiau į priekį, kiekvieną vakarą stengiuosi
Naktys niekada netaps diena
Toks yra gamtos dėsnis
Tamsoje turiu eiti toliau
Baimė susižeisti kritus yra natūrali
Šokti nuo uolos iki kelionės pabaigos yra nenormalu
Mes esame genetinio kodo ir instinkto vergai
Judėti toliau ir gyventi net tamsoje yra labai svarbu
Taigi, aš judu toliau ir toliau, aš nežinau savo tikslo
Tačiau išlikti statiškam gilioje tamsoje nėra išeitis.

Egzistencijos žaidimas

Dinaminė pusiausvyra tarp stebėtojo ir pagrindinių dalelių yra svarbi

Žemesniosios kategorijos gyvūnams, neturintiems akių regėjimo ir lytinio dauginimosi, egzistuoja kitokia visata

Jie nesuvokia įvairaus gražaus pasaulio grožio, nors turi jutimo mechanizmą

Pasauliui ir galaktikoms žemesnės eilės gyvos būtybės gali turėti skirtingas prielaidas

Tačiau jie taip pat yra stebėtojai visatoje, tai neabejotinai įrodo dvigubo plyšio eksperimentas

Net tarp aklųjų žmonių pasaulio suvokimas bus skirtingas

Visata atsiskleis tik jų pačių vaizduotei ir klausantis kitų

Kurtieji be klausos aparato senais laikais galėjo pagalvoti, pasaulis tyli

Istorija apie šešių aklų vyrų apsilankymą dramblyje yra ne tik istorija, bet ir labai aktuali

Viskas matomame ir nematomame pasaulyje yra keistai susiję per kvantinį susipynimą

Man visata neegzistuoja, kai aš mirštu, mūsų protėviams visata jau neegzistuoja

Stebėjimas taip pat yra dvipusis erdvės, laiko, materijos ir energijos egzistavimo procesas

Be manęs, nesvarbu, ar visata plečiasi, ar traukiasi, tai net nėra pasekmė

Kad ir koks mažas būčiau, visata taip pat gali mane stebėti tol, kol egzistuosiu jos srityje

Po mano išvykimo, ar visata egzistuoja man, ar aš egzistuoju dėl visatos, yra tas pats.

Natūrali atranka ir evoliucija

Natūrali atranka ir evoliucija visada yra optimizavimo ir geriausio pasiekimo tikslai

Tačiau po homo sapiens evoliucijos atrodo, kad gamta ilgai ilsisi

Naikinimo ir statybos technologijas kuria ir kuria vyrai

Dabar mes sukūrėme genetiškai modifikuotą maistą, kad pašalintume alkį, bet paukščių gripas privertė mus pjauti vištą

Branduolinė technologija skirta tiekti energiją ir sunaikinti pasaulį

Niekas to negali garantuoti, vieną dieną branduolinis mygtukas neatsiskleis

Gamta galėjo lengvai padaryti žmogaus galvą simetrišką, su keturiomis akimis ir keturiomis rankomis

Tada amžinai žmonijos civilizacijos kilusio Bruto dūris būtų pasibaigęs

Gali būti, kad viena galva su dviem akimis ir dviem rankomis yra aukščiausias optimalus gamtos lygis

Tolimesnio žmogaus fiziologinės struktūros vystymosi gamta nepalaiko

Ar genų inžinieriai ir dirbtinis intelektas turėtų tai daryti, ar ne, dabar yra etikos klausimas

Bet jei laikysime Šriodingerio katę dėžėje, kaip žmonija ras logišką sprendimą?

Fizika ir DNR kodas

Kaip fizika ir kvantinė mechanika paaiškins moralę ir etiką

Tai yra svarbūs žmogaus gyvenime, o emocijų raiška yra pagrindas

Be moralės, etikos, sąžiningumo, brolybės civilizacija neįmanoma

Žmogaus gyvenimas atsitiktinėje kvantinėje orbitoje bus pražūtingas ir baisus

Galbūt bus teisinga, o sustabdyti žmonių žudymą tiesiog pagal įstatymą bus neįmanoma

Žmogaus gyvenimas yra sudėtingesnis, nei galime manyti ir paaiškinti per biologiją

Jokiame šventraštyje nėra istorijos, kaip mes tapome žmonėmis iš beždžionės, su chronologija

Vis dėlto esame tamsoje, kad išrastume prevencinę ir gydomąją vėžio mediciną

Ar genetika ir dirbtinis intelektas amžiams pašalins visas ligas iš pasaulio?

Vis labiau judant link tikrovės tiesos, klausimų daugiau nei atsakymų

Gyvenimo neapibrėžtumas įrašytas mūsų DNR, baimės ir prietarų kodas

Gimimo ir mirties priežastis mokslinėse teorijose nėra įrodyto sprendimo

Antgamtinės jėgos link neapibrėžtumo principas veikiau sustiprina įsitikinimą

Nėra alternatyvos irkluoti su mūsų įsitikinimais kartu su fizikos teorijomis

Be įrodytos Dievo lygties pakeisti DNR kodą, religija ir toliau klestės.

Kas yra Realybė?

Ar tikrovė yra tik materialus pasaulis, matome ir jaučiame savo organais?

Arba tai tik iliuzija (Maya), kaip paaiškina religijos

Ar kvantinė fizika ir pagrindinės dalelės yra tikrieji žaidėjai?

O kaip tada su mūsų sąmone ir kitomis žmogaus emocijomis

Dabar fizika taip pat sako, kad kvantinėje visatoje esame tikri tik lokaliai;

Gyvenimo tikslas, sąmonė, siela ir Dievas vis dar nepatenka į fizikos kompetenciją

Mūsų patirtis ir civilizacijos mokymai visada ugdo mūsų etiką

Tikrovė yra dinamiška ir skirtinga vaikui, jaunam ir mirštančiam vyrui

Tačiau meilė, neapykanta, pavydas, ego ir kitos emocijos yra genetinis kodas

Visos šios savybės ir instinktai, mokymai ir patirtis taip pat negali susilpnėti

Realybė taip pat pateikiama paketais, tokiais kaip diskretiškos kvantinės dalelės

Be sąmonės, nenuoseklumo, gyvenimas pasaulyje neįmanomas

Jei tikrovė yra iliuzija, ar mes gyvename kažkieno sukurtame hologramos pasaulyje

Mokslas dabar taip pat sako, kad ši tikrovės samprata nėra visiškas absurdas

Kol patvirtinsime apie paralelinę visatą, gyvenkime čia su meile, brolybe ir empatija.

Priešingos jėgos

Ar būti laimingam kiekvieną dieną yra žmogaus gyvenimo tikslas
Arba tik dėl komforto ir skausmo mažinimo turėtume stengtis
Ar gyventi ilgiau ir kaupti turtus pasitarnauja visiems tikslams
Arba ieškokite grožio ir tiesos, kurią turėtų pasiūlyti kiekvienas žmogus
Niekam iš tų dalykų žmonės negali prieštarauti

Net jei atsisakome materialaus gyvenimo ir tampame vienuoliu
Gali atsirasti skausmas, ligos ir kančios ir priversti klysti
Vienuolis ir apsišvietę pamokslininkai taip pat alksta
Žmonės vėl grįžta į normalų gyvenimą, sakydami, kad išsižadėjimas buvo klaida
Niekur žemėje nėra lietaus be debesų ir perkūnijos

Vienas iš pagrindinių gamtos instinktų yra palengvinti įvairovę
Be įvairovės žmonės taip pat negali tikėtis gerovės
Su protonu ir neutronu elektronai taip pat turi būti solidarūs
Visos žmogaus emocijos taip pat negali egzistuoti be simetrijos
Gyvenimas žmogaus kūne yra paslaptingas ir nemokamas.

Laiko matavimas

Laikas yra tik iliuzija, todėl jis vadinamas erdvės ir laiko sritimi, kad jį žinoti svarbu

Dabarties momento egzistavimas yra labai nominalus, priklauso nuo matavimo

Matavimas gali būti sekundė, mikrosekundė, nanosekundė arba ilgesnė

Praeitis, dabartis ir ateitis sutaps, kad suprastų šių dienų žmogaus smegenys

Fizikoje nėra skirtumo tarp praeities dabarties ir ateities, o greitis yra svarbus

Laikas gali būti gamtos savybė termodinaminei pusiausvyrai per entropiją

Arba skilimo ir mirties pasireiškimo dėl bangų funkcijos žlugimo procesas

Saulės sistemai nebuvo laiko, kol planetos nepradėjo suktis Saulės

Nei materija, nei energija, nei pamatinė dalelė, nei banga, o laikas yra tikras malonumas

Kaip ir emocijos bei pagrindiniai gyvų būtybių instinktai, laikas yra iliuzinis, tačiau atrodo, kad laikas visada bėga

Erdvė, laikas, gravitacija, branduolinės jėgos ir elektromagnetizmas taip puikiai susimaišo

Fizinėje srityje laiko atskirti nuo kitų natūralių savybių neįmanoma

Šiuolaikinė laiko matavimo sistema yra tik žmogaus sukurta laiko lentelė

Netgi reliatyvumas bus reliatyvumas paralelinėms visatoms, jei jis iš tikrųjų egzistuoja fiziškai

Smegenų suvokimas ir laiko matavimas gali visiškai skirtis.

Nekopijuokite, pateikite savo disertaciją

Greitas, dabartis ir ateitis gimimo akimirką yra vieningi kaip atomas

Po gimimo gyvybė akimirksniu tampa atsitiktinė, kaip aplink skriejantis nestabilus elektronas

Kai gyvenimas juda į priekį, jis tampa tarsi vaivorykštės burbulas, skleidžiantis skirtingas spalvas

Be to, pamažu juda į mirties slėnį, kaip nugalėtas karo belaisvis

Vėlgi, praeitis, dabartis ir ateitis susivienija, o gyvenimas baigiasi kaip pradininkas

Stebėtojas turi egzistuoti, kad galėtų stebėti pasaulį, nes po mirties materijos-energijos, erdvės-laiko prasmės nėra.

Svarbiausia, kad gyvenimas būtų gyvybingas ir reikšmingas nuo vieningos akimirkos iki vieningos akimirkos

Viskas, kas nematerialu ir neturi reikšmės, kai tik stebėtojas pasitraukia

Skausmas, malonumai, ego, laimė, pinigai, turtai išnyks ir suskils

Svarbus taškas į tašką, nuo gyvenimo neatsiskiria meilė, laimė, džiaugsmas ir linksmumas

Jei gyvenimas yra tik vibracija, kaip paaiškinta geluonies teorija, kažkas gali groti gitara

Tikrai ta pati melodija, amžinasis muzikantas mums negros amžinai

Šokite pagal melodiją kuo puikiausiai ir mėgaukitės tol, kol egzistuojate

Natūralios įvykių eigos negali išvengti nė vienas šokėjas arba jos rezultatui negalime atsispirti

Sekite savo ikigai ir mėgaukitės melodijomis ir galiausiai pateikite savo nuostabią disertaciją.

Gyvenimo tikslas nėra monolitinis

Fundamentinių dalelių atsitiktinumu ir beprasmiškumu

Sužinoti savo gyvenimo tikslą ir patirtį nėra labai lengva ar paprasta

Kiekvieną akimirką, kai bandome judėti į priekį, kyla vidinis ir išorinis pasipriešinimas

Protas judės atsitiktinai kaip elektronas, gravitacija trauks kiekvieną judesį

Siekdami patenkinti biologinius poreikius, užsiimsime maisto, audinių ir pastogės įsigijimu

Gerai, kad mūsų protėviai išrado ugnį, ratą, žemdirbystę, neišsaugodami autorių teisių

Kitaip pažanga, civilizacija būtų buvusi ne įvairi ir spalvinga, o nepralaidi vandeniui

Net ir senųjų civilizacijų laikais kai kurie žmonės nerimavo dėl gyvenimo tikslo, kuris nėra fizinis poreikis

Taigi visuomenei ir žmonijai jie postulavo hipotezes, filosofijas, siekdami subalansuoti žmogaus godumą.

Tačiau iki šiol, išskyrus gyvenimą, mokslas ir filosofija nesugebėjo tiksliai nustatyti, kas yra žmogaus veislės tikslas

Daugeliui iš mūsų gyvenimo tikslas yra ieškoti grožio ir tiesos, kad rastume savo tikslą

Mūsų egzistavimas gali būti iliuzija be jokios priežasties, bet savo istoriją galime gražiai susikurti

Galų gale, nesvarbu, ar radome savo tikslą, ar ne, turime eiti paklusti mirties įstatymui

Geriau būkite laimingi ir mėgaukitės gyvenimu su meile, labdara ir keliaukite po pasaulį su savo tikėjimu

Nė vienas žmogus nėra sala, žmogaus gyvenimas vystosi per nuolatinę evoliuciją, tikslas nėra monolitas.

Ar medžiai turi tikslą?

Ar atskiras medis, iš esmės turintis žemesnę sąmonę, turi kokį nors tikslą?

Nei negali judėti, nei kalbėti, jokių emocijų, tokių kaip meilė, ego ar neapykanta

Gyvenimui reikia tik maisto, kad taip pat žaliavos oras, vanduo ir saulės šviesa patektų laisvai

Paruoškite maistą per chlorofilą fotosintezės būdu ir stovėkite kaip medis

Jokio egoizmo, išskyrus instinktą gyventi ir daugintis palikuonių ateičiai

Tačiau ekosistemoje medžiai kaip visuma turi daug didesnę paskirtį kitiems gyvūnams

Paukščiai ir net vabzdžiai gali turėti aukštesnę sąmonę nei medžiai

Tačiau be medžių paukščiai neturi nei maisto, nei pastogės, nei labai reikalingo deguonies kvėpuoti.

Aukštesnės eilės gyvūnas, dramblys, turintis didelę atomų sankaupą, negali išgyventi be džiunglių

Apskritai, gyvenimui kartu, aplink medžius, išlikimui leidžia kitų gyvų būtybių struktūras

Mes, homo sapiens, turintys aukščiausią sąmonės lygį, esame vienodai priklausomi nuo medžio

Tačiau mūsų sąmonė leidžia mums, būdami aukščiausiu gyvūnu, kirsti medžius, esame laisvi

Turėdami intelektą ir technologijas, galime sukurti savo ekosistemas

Betoninės džiunglės su deguonies salonais, visada pageidaujamos ir geresnės pastogės

Evoliucijos metu medžiai atsirado prieš mus, ir jei turime tikslą, šiuo klausimu medžiai nėra svetimi.

Senas liks auksu

Ugnis, ratas ir elektra – atradimai, pakeitę žmogaus civilizaciją, vis dar yra svarbiausi

Siekdami geresnės gyvenimo kokybės ir mokslo, technologijų bei civilizacijos pažangos, jie yra visagaliai

Šiuolaikinei civilizacijai jie vis dar yra kaip deguonis ir vanduo, be kurių gyvybė negali egzistuoti

Šiuolaikinės civilizacijos trejybė, nepaisant naujų technologijų, visada išliks

Be elektros žlugs ir šiuolaikinė būtinybė, kompiuteris bei išmanusis telefonas

Civilizacija taip pat eina evoliucijos keliu, svarbiausia atrasta pirmiausia

Tačiau jų svarba žmonėms tampa nematoma kaip oras, nors ir negali rūdyti

Ugnies svarbą jaučiame tada, kai virimo dujų balionas tuščias ir nėra ugnies

Kai tūpimo metu lėktuvo ratas neišlenda, įtampa, kurią jaučiame, yra reta

Be elektros, visas pasaulis sustos, be jokio bendravimo

Sena yra auksas, taikoma daugybei kitų atradimų ir išradimų, kurie mūsų protui dabar nėra svarbūs

Tačiau pagalvokite apie antibiotikus ir anesteziją, be kurių mūsų šiandienos sveikata galėtų išsiversti

Kompiuteriai ir išmanieji telefonai dabar yra populiarumo viršūnėje ir jaučiasi impotencija

Tačiau jie nėra galutinis ir geriausias sprendimas civilizacijai ir žmonijai

Anksčiau nei vėliau mokslininkai suras kažką naujo ir unikalių dalykėlių bei technologijų.

Iššūkis ateičiai

Civilizacijos istorija kupina karų, naikinimo ir žmonių žudymo

Tačiau įveikusi visas žmogaus sukurtas situacijas, civilizacija nesustojo

Stichinė nelaimė sunaikino daugelį praeityje klestinčių civilizacijų

Vis dėlto impulsas progresuoti ir ieškoti geresnės gyvenimo kokybės juda ir toliau

Buvo blogi karaliai, kurie išpjovė milijonus, taip pat išmintingi kaip karalius Saliamonas

Visus atradimus ir išradimus daro žmonės, mąstantys iš juodosios dėžės

Vieną dieną žmogus sugebėjo išnaikinti daugybę mirtinų ligų, tokių kaip raupai

Šiuolaikinės fizikos mokslas prasidėjo nuo Galilėjaus ir Niutono vaizduotės

Einšteinas žmonijai sakė, kad vaizduotė yra svarbiau nei žinios

Norėdami tyrinėti visatą pasitelkdami vaizduotę, mokslininkai demonstruoja savo įsipareigojimą

Visas naujas kvantinės fizikos pasaulis pasirodė kaip gražus eilėraštis, paaiškinantis tikrovę

Kvantinė mechanika taip pat atvėrė žmogaus civilizacijai nesuskaičiuojamas galimybes

Tačiau mes turime daugiau klausimų nei atsakymų apie laiką, erdvę ir gravitaciją

Nauji žmonės kuria naujas hipotezes, teorijas ir atlieka naujus eksperimentus, kad pažintų gamtą

Tuo pačiu metu ekologijos, aplinkos ir biologinės įvairovės subalansavimas yra didelis iššūkis ateičiai.

Grožis ir reliatyvumas

Pasaulis yra gražus su vandenynais, kalnais, upėmis, kriokliais ir kt

Medžiai, paukščiai, drugeliai, gėlės, kačiukas, šuniukai, vaivorykštė yra gamtos parduotuvėje

Tačiau grožis nėra absoliutus ir priklauso nuo gamtą stebinčio žiūrovo

Grožio jausmai keitėsi iš kartos į kartą ir kultūra į kultūrą

Štai kodėl grožis yra santykinis, o svarbiausia – turi būti stebėtojas

Be stebėtojo, turinčio sąmonę, akis matyti ir smegenų jausti, grožis neturi reikšmės

Žmogui taip pat neturi jokios reikšmės neištirtas ir neregėtas grožis po vandenynais

Mėgautis gamtos grožiu yra individualus pasirinkimas, ir net moteris kažkam gali būti gražesnė

Tai nereiškia, kad homo sapiens patinas visai nėra gražus

Vyrų ir moterų grožio apibrėžimai skiriasi.

Dinaminė pusiausvyra

Prireikė milijonų metų, kad motina Žemė pasiektų dinaminę pusiausvyrą

Nuo pat žemės ir evoliucijos pradžios gamta judėjo kaip švytuoklė

Kai pasaulio klimatas pasiekė dinaminės pusiausvyros būseną ir judėjo toliau

Evoliucijos procesas sukūrė protingus gyvūnus, vadinamus žmonėmis

Žmogus pradėjo savo pažangos ir klestėjimo sampratą

Natūralų kraštovaizdį, aplinką jie įnoringai supurvino

Kalvos buvo iškirstos į lygumas; vandens telkiniai tapo gyvenamaisiais namais

Miškai buvo paversti dykumomis, kertant medžius ir augalus

Užblokuotos upės tapo dideliais ežerais, panardinančiais augaliją

Dinaminė vandens ciklo pusiausvyra pradeda degradaciją

Visuotinis atšilimas dabar stumia klimatą nepastovių pokyčių link

Pačių žmonių sukelta tarša dabar nepatenka į jų toleravimo sritį

Potvyniai, ledynų tirpimas, šaltos audros dabar kelia sumaištį

Norint atkurti dinaminę pusiausvyrą, turėtų būti atrakinta nauja homo sapiens technologija.

Niekas negali manęs sustabdyti

Niekas negali manęs sustabdyti, niekas negali manęs atitraukti

Mano dvasia nepalaužiama, mano požiūris teigiamas

Nei dangus, nei horizontas nėra ribojantis veiksnys

Aš pats esu savo filmo aktorius ir režisierius

Kliūtys ateina ir praeina kaip diena ir naktis

Bet aš niekada nepriėmiau pralaimėjimo jokioje gyvenimo kovoje

Kartais ringe mano padėtis būdavo griežta

Vis dėlto aš atsigavau iš visų jėgų ir jėgų

Žmonės, kurie kažkada juokėsi iš manęs kaip išprotėjusio ir išprotėjusio

Bando užsidirbti kasdienės duonos ir sviesto net ir dabar užimtas

Jei būčiau išklausęs jų pastabas ir priėmęs pralaimėjimą

Šiandien, krisdamas ant purvo, sakyčiau, tai mano likimas.

Niekada nebandžiau tobulumo, bet bandžiau tobulėti

Niekada nesistengiau būti tobula jokiame dalyke ar savo kūryboje

Tobulumas nėra tikslas, o nuolatinis procesas

Niekas negali padaryti rožės geresnės už natūralią

Gamta taip pat keliauja į tobulumą per evoliuciją

Net po milijardų metų gamta vis dar eina į gerąją pusę;

Kai koncentruojamės tik į tobulumą, mūsų judėjimas sulėtėja

Mes sutelkiame dėmesį tik į brangakmenį rankoje ir nupoliruojame jį iki tobulos karūnos

Kelionės metu pasiilgome daug dalykų gyvenime ir įvairaus miško

Ieškodami tobulumo, mūsų regėjimas susiaurėja, o gyvenimas apribotas turnyro metu

Treniruokitės, kad padarytumėte geriau, be apribojimų sieksite tobulumo;

Atlikite lyginamąją analizę, kad būtų geriau nei geriausia, o ne kaip absoliučiai

Pokyčiai vyksta kiekvieną akimirką be jokių užuominų ar odžių

Gamtos dėsnis ir impulsas yra keisti ir padaryti rytojų geresnį

Jei pasieksime tobulumą, mūsų kelionė tiesos ir grožio paieškose baigsis

Gyvenimas neturės prasmės, todėl ir visata bus kitokia.

Mokytojas

Mokytojo ir mokinio susipynimas yra kaip kvantinis susipynimas

Mokinio santykiai su geru mokytoju yra nuolatiniai

Pagarba kyla iš mokytojo asmenybės ir kokybiško mokymo

Tai, ko išmokstame iš gero mokytojo, išliks mūsų mintyse ir širdyje amžinai

Mokytojų dieną prisimename visus savo mylimus ir nuostabius mokytojus

Pagarba mokytojui negali būti mokiniui primesta ar primesta

Labiau tinka charakteris, elgesys ir mokymo kokybė

Kai mokytojas tampa draugu, kuriam reikia emocinių ir asmeninių problemų

Mokiniui, visam gyvenimui mokytojas išlieka kaip emblema

Meilė ir pagarba yra dvipusis procesas, jis turi egzistuoti kiekvienoje mokytojo aplinkoje.

Iliuzinis tobulumas

Tobulumas yra sunkus vaikymasis, iliuzinis ir miražas
Nepersekiokite drugelio ir nepažeiskite jo sparnų
Šiandien padaryti geriau nei vakar – paprastas būdas
Atėjus laikui pasieksite norimą tobulumo lygį
Praktika veda link tobulumo, colis po colio
Taip pat svarbu žaisti su šeima paplūdimyje
Tai pašalins jūsų voratinklius ir padės daugiau treniruotis
Vieną dieną smėlėtame krante pamatai skraidančius gražius drugelius
Naujų dalykų kūrimas tobulai bus jūsų esmė
Žmonės įvertins tavo rezultatus, stovės prie tavo durų.

Laikykitės savo pagrindinių vertybių

Visada laikausi savo principų ir pagrindinių vertybių

Taigi, nesigailiu dėl to, ką praleidau ar įgijau

Tiesos ir sąžiningumo, net ir esant blogiausiajai situacijai, niekada neapleidau

Dėl įsipareigojimo man labiau patiko bankrutuoti

Užuot apgaudinėti kitus apgaulingomis priemonėmis

Mano finansiniai nuostoliai dabar yra mano ilgalaikis pelnas

Tiesa, sąžiningumas ir įsipareigojimas suteikė skėtį lietaus metu

Žmonės pasinaudojo mano švelnumu manęs nepažindami

Tačiau ilgainiui aš stovėjau tvirtai, mano atkaklumas yra raktas

Žmonės atėjo ir išėjo, kai mano vertybės jų nepalaikė

Su atkaklumu ir šypsenomis nešu į priekį savo karalystę

Tuščiu skrandžiu, kai miegojau po dangumi nekaltindamas kitų

Kažkokia nematoma jėga visada stovi už manęs kaip mano tėvas

Sąžiningumas, sąžiningumas, teisingumas nėra raketų mokslas

Turime juos supainioti kaip savo sąmonę ir sąžinę

Vertybės, kurių niekas negali išmatuoti nei pinigais, nei turtais

Visos vertybės gyvens su manimi, taip pat eis su manimi mirus.

Mirties išradimas

Ar išradimas ar mirties atradimas yra pirmasis homo sapiens atradimas?

Mirtis civilizacijos pažangoje turi didesnę reikšmę nei ugnis ir ratas

Laiko apribojimas paskatino žmones siekti nemirtingumo

Galiausiai žmonės suprato, kad visos pastangos tapti nemirtingais yra bergždžios

Civilizacija judėjo ir toliau suvokdama, kad mirtis yra galutinė tikrovė;

Buda, Jėzus ir visi tiesos skelbėjai mirė kaip ir visi kiti

Jie taip pat mokė, kad viskas pasaulyje yra nerealu, išskyrus mirtį

Taika ir nesmurtas žmonijai svarbesni nei karas

Tačiau homo sapiens yra toli nuo civilizacijos be karo

Dabar vėl žmonės siekia nemirtingumo, persikelia į žvaigždę;

Net ir sužinoję apie mirties realybę, žmonės ginčijasi

Su nemirtingumu, kaip rūšimi, žmonėms bus neįmanoma integruotis

Turėdami branduolinį ginklą rankose, žmonės pamirš savo mirtį

Kiekvienos gyvos būtybės sunaikinimas vieną dieną gali būti mūsų likimas

Po milijonų metų kai kurios rūšys visiškai išnaikins karą ir neapykantą.

Pasitikėjimas savimi

Pasitikėjimas savimi atneš jus, savigarbą.
Be pasitikėjimo savimi negalite įgyvendinti svajonės
Su pasitikėjimu, žiniomis ir išmintimi veikia geriau
Jūsų sunkus darbas pastūmės jus svajonės link
Svajonė ateityje taps realybe, kai persikelsite
Atkaklumas ir atkaklumas ateina su pasitikėjimu savimi
Pasiryžę lengvai įveiksite visą pasipriešinimą
Jūsų svajonės taps vis didesnės ir didesnės
Jūsų požiūriu, kiekviename žingsnyje tiesiog daryk tai sukels
Jūsų mąstymas, našumas ir rezultatai pasikeis amžiams.

Išlikome nemandagūs

Kai einame atgal laiko srityje
Viskas nebuvo tobula, puiku
Homo sapiens atsiradimas yra milžiniškas šuolis
Po to tūkstančius metų gamtos išliks lėtas procesas
Kartais pasigirsdavo matomas, girdimas pypsėjimas
Tikėkitės homo sapiens, evoliucijos kitiems, amžino miego
Pasaulis tapo protingų žmonių valdove
Dėl patogumo ir malonumo jie atrado daug dalykų
Tačiau natūralūs procesai daugelį žmonių rasių išstūmė iš žiedo
Gamtinių jėgų homo sapiens nekontroliavo
Taigi, vakarieniauti gamtos jėgų žmonės buvo priversti atsistatydinti
Užuot valdęs gamtos jėgas, žmogus sunaikino įvairovę
Ekologija ir aplinka prarado grožį ir įvairovę
Netgi savo bičiulių homo sapiens skerdimas buvo įprastas dalykas
Vyko kryžiaus žygiai ir pasauliniai karai, kuriuose atsitiktinai žuvo milijonai žmonių
Jėzus seniai buvo nukryžiuotas už tai, kad bandė mokyti taikos ir tiesos
Tačiau iki šiol gamtai, aplinkai, ekologijai ir žmonijai esame nemandagūs.

Kodėl mes tampame chaotiški?

Taika, ramybė, vienodumas ir viena pasaulio tvarka neįmanomi

Termodinamikos dėsniai yra priežastis, ji labai paprasta

Norint eiti į tvarką iš netvarkingos visatos, entropija turi mažėti

Tačiau entropijos dėsnis yra mokslai vienas iš svarbiausių karūnų

Norint sutvarkyti pagrindines daleles, laikas turi suktis atgal;

Fizikoje nėra skirtumo tarp praeities, dabarties ir ateities

Visi yra vienodi, kai matome tai iš gamtos savybių

Matuojant dabartis gali būti mili, mikro arba nanosekundės

Stebėtojo egzistavimas atliekant tokį stebėjimą yra svarbesnis

Juodoji energija, antimedžiaga ir daugelis kitų matmenų vis dar yra visagalis

Nežinodami visų matmenų, galime paaiškinti visatą kaip žaliuzės, paaiškinančios dramblį

Tačiau norint paprasčiausiai paaiškinti galutinę tiesą, svarbūs visi nežinomi matmenys

Kvantinė tikimybė taip pat yra tikimybė begalinėje erdvės-laiko, materijos-energijos srityje

Jei negalime paaiškinti ir suprasti visų nematomų matmenų, kaip fizika gali sukurti sinergiją

Net jei peržengsime šviesos greičio slenkstį, kad judėtume link galaktikų, kad žinotume viską

Prieš grįžtant, mūsų saulės sistema gali žlugti dėl reikalingos energijos trūkumo ir kristi.

Gyventi ar negyventi?

Mokslininkai ir tyrėjai numatė, kad netrukus žmogus įvyks nemirtingumu

Su dirbtiniu intelektu bus technologinis bumas

Fiziniam žmogaus kūno skausmui ir kančioms neliks vietos

Gyvenimas bus pilnas malonumų ir malonumų nedirbant jokio darbo

Nereikia investuoti į ateitį į spekuliacinių akcijų rinką

Maistas, kurį ruošia robotai, turės kitokį dangišką skonį

Fizinis kūnas, sportas ir pramogos bus geriausiu atveju

Žmonės nesupras skirtumo tarp darbo ir poilsio

Koks bus pensinis amžius, mokslininkai neprognozuoja

Kas nutiks žmonėms, kurie jau išeina į pensiją

Jokių prognozių apie žmogaus emocijas, tokias kaip meilė, neapykanta, pavydas ir pyktis

Ar bus daugiau kivirčų ir fizinės kovos, nes kūnas stipresnis?

Gyventi ar negyventi turėtų būti palikta individams, jokių įstatymų, kurie nustotų mirti

Bet net ir po Nemirtingumo, esu tikras, bus išsiskyrimų ir verksmų.

Didesnis paveikslas

Koks mano vaidmuo šioje visatoje platesniame paveiksle

Sunkus klausimas be jokio įtikinamo atsakymo

Sunkiau atsakyti apie savo egzistavimo tikslą

Nėra konkretaus atsakymo moksle ir filosofijoje, kuris mane įtikintų

Turiu judėti į priekį ir ieškoti vienas iki galo

Niekas manęs nelydės ieškoti tiesos

Visi, įskaitant mano gerąją pusę, pasirinko skirtingą maršrutą

Mano patirtis ir įsitikinimai, niekas negali pakeisti, turiu perkrauti

Tačiau biologinių smegenų atmintį sunku ištrinti ir visiškai išrauti

Jis gali pasikartoti bet kuriuo metu be jokios aiškios priežasties ir priežasties

Nebent mano įsitikinimai, žinios ir išmintis suras gyvenimo priežastį.

Išplėskite savo horizontą

Išplėskite savo proto horizontą, kad pamatytumėte begalinę visatą ir galimybes

Išėję iš savo juodosios dėžės ir komforto zonos, pamatysite realybę

Nei žiūronai, nei teleskopai nepadės pajusti begalinės visatos

Tai yra žmonių vaizduotės galia, kuri gali įkvėpti vizijų už horizonto

Akys gali tiesiog pamatyti objektą, bet smegenys gali analizuoti tik moksliniu pagrindu

Jei neleisite savo proto papūgai ankstyvame amžiuje išeiti iš narvo

Jis pakartos tik keletą žodžių, kad linksmintų kitus aplinkinius

Kai išplėsite savo mintis ir pažvelgsite ne tik į spalvotų akinių nuėmimą, būsite nustebinti

Jūsų vizija pažvelgti į galaktikas, kometas ir gyvenimo realybę bus aiški, o jūsų gyvenimas bus aiškus

Kai tik turėsite tikrą išmintį suprasti gamtą, jūsų pėdsakai, ateitis bus atsekti

Praplėsti proto horizontą lengva, nes juodosios dėžės raktas yra rankoje

Tiesiog nuo ant smėlio gulinčio rakto nuvalykite senų mokymų ir religinių prietarų dulkes

Jei „Galileo" gali pailginti jūsų gyvenimą, galite lengvai pasikeisti, nebijokite įžeisti

Tavo gyvenimo, tavo išminties, tavo kelio niekas nebandys paversti rožiniais ir nebandys suprasti

Jūsų laikas šioje planetoje yra ribotas, todėl greičiau suprasite ir elkitės gerai, jei reikia, suteikite gyvybei vingi.

Aš žinau.

Žinau, niekas negali verkti, kai aš mirsiu

Tai nereiškia; Turėčiau nustoti mylėti žmones

Aš negimiau ir negyvenau, kad po mirties dirbčiau dėl krokodilo ašarų

Verčiau mylėsiu žmones ir gyvensiu jų širdyse

Mano dosnumą ir pagalbą, kažkas prisimins tyloje

Taigi, daryti gera žmonėms ir žmonijai yra mano prioritetas ir apdairumas

Man nereikia melagingų savanaudiškų žmonių pagyrimų dėl savęs intereso

Geresnė pagalba nekaltam gatvės šunims ir gyvūnams yra tobula

Dar mažesnis anglies atspaudas ir medžių sodinimas turės geresnį poveikį

Mano meilė ir labdara nėra skirti tam, kad atsipirktų ar ko nors laukčiau

Jis skirtas skleisti brolybę ir taikią aplinką

Išstumti neapykantą ir smurtą iš socialinio rato

Tikrai vieną dieną, mylėdamas visus ir nekęsdamas nė vieno, taps karaliumi.

Neieškokite tikslo ir priežasties

Mes atėjome į šį pasaulį be savo noro ar laisvos valios tam tikram tikslui

Vis dėlto mūsų gimimas buvo daugiafunkcis – būti sūnumi, dukra, seserimi ar įpėdiniu

Tėvai, visuomenė nustato mūsų tikslą išmokti dalykų, kuriuos atrado mūsų protėviai

Ieškodami žinių, įgūdžių ir išminties, mūsų gyvenimas tampa daugiafunkcis

Po vedybų ir susilaukus vaikų šeimos branduolys tampa mūsų visata

Jaunystėje neturėjome laiko galvoti apie jokį gyvenimo tikslą ar prasmę

Norint pasiekti materialių dalykų, gerai valgyti ir miegoti yra geriausias tikslas, kurio nusipelnėme

Sendami pradėjome galvoti apie savo egzistencijos prasmę

Dėl savo gyvenimo tikslo ir pasireiškimo priežasčių mes negirdime rezonanso

Dauguma žmonių miršta laimingai, nežinodami tikslo ir priežasties

Kelis kartus ieškant tikslo ir priežasties gyvenimas tampa miražu arba kalėjimu.

Mylėk gamtą

Vis labiau tolstant nuo gamtos

Mes savo gyvenime pasigendame daug tikrovės ir per daug lobių

Ar gyventi miestuose su oro kondicionieriais yra tik mūsų ateitis

Mes stengiamės išsaugoti miškus kitų būtybių buveinėms

Bet naikinant gamtą ir ekologiją mūsų malonumui

Nuo civilizacijos pradžios žmonės su gamta gyveno patogiai

Tačiau aukštybinių pastatų plėtra, išmanusis telefonas tai visiškai pakeitė

Daugiau kalorijų suvartojome sėdėdami namuose, o tada mokėjome į gimnaziją

Valgydami greitą ir nesveiką maistą, milijonai žmonių kenčia nuo kalcio trūkumo

Koks smagumas gyventi šimtą metų šiuolaikiniuose miestuose, mokant priemokas

Per daug dirbame, kad senatvėje būtų patogu ir saugu

Tačiau pamirškite, kad dėl iliuzinės ateities mes gadiname savo dabartį narve

Geresnis buvo mūsų prosenelio, kurį dabar laikome laukiniu, gyvenimas

Norint subalansuoti gyvenimą su šiuolaikinėmis technologijomis ir gamta, reikia drąsos

Keletą dešimtmečių gyventi komoje – ne tikras gyvenimas, o tuščia ištrauka.

Gimęs laisvas

Kai gimstame, gimstame laisvi be tikslo, tikslų, misijos ir vizijos

Kiekvienam mūsų judėjimui tėvai, šeima ir visuomenė turi skirtingą prievolę

Mūsų sąmonė kyla iš aplinkos ir aplinkos, kurioje gyvename

Vertybių sistema taip pat ne per genetinius kodus, o tai, ką duoda tėvai, mokytojai

Mes gimstame laisvi, bet nesame laisvi pasirinkti kalbą, tikėjimą, religiją, kaip gimstame avilyje

Mūsų protas auga iš baimės, įtarumo ir mąstymo, apriboto bendriems tikslams

Per daug susiskaldymo paveikė mūsų mąstyseną, ir kiekvienas žingsnis, kurį turime žengti, kaip to reikalauja dauguma

Mes gimstame laisvi, bet negalime sau leisti augti laisvi dėl įgimtų išlikimo trūkumų

Homo sapiens yra genetiškai susietas su bandos mentalitetu ir tapti socialiniu

Ir mūsų gyvenimas vardan kastos, tikėjimo, spalvos, religijos priverstas tapti politiniu

Kai tampame piliečiais suaugę, galime turėti savo laisvą valią su daugybe „jei ir bet".

Jei nesilaikysime žaidimų taisyklių, bet kuriuo metu savo vadinamosios laisvės, visuomenė gali užsidaryti

Mes gimstame laisvi, bet mūsų laisvė nėra laisva be apribojimų, visi laikosi privalo

Jei padarysite ką nors radikalaus prieš savo visuomenės ir tautos valią, laisvės burbulas sprogs

Proto laisvė yra mažesnė ir begalinė riba, jei esate bebaimis ir pasitikite savimi.

Mūsų gyvenimo trukmė visada gera

Mūsų gyvenimo ilgaamžiškumas visada yra geras
Su sąlyga, kad laiku pradėsime dirbti ir pietauti
Savaitgalį su draugais mėgaujamės ir geriame
Naudokite savo laiką kaip vienintelį mano išteklį
Prieš mirtį mes tikrai spindėsime;
Mes niekada nesuvokiame reliatyvumo savo koledžo laikais
Niekada neturėjome laiko, neklausėme, ką sako mūsų tėvai
Danguje matėme tik vaivorykštę, net ir lietingomis dienomis
Kartą po šešiasdešimt penkerių išeiname į pensiją ir pradedame gyventi vieni
Reliatyvumo teorija automatiškai ateina į mūsų hormoną;
Sakysime, gyvenimas nėra per trumpas, o laikas labai greitas
Amžinai vienišos planetos srityje nenorėsime išlikti
Spektaklyje, pavadintame gyvenimu, nuoširdžiai leiskite savo vaidmenį mesti
Mūsų sveikata, organai, judrumas ir protas pradės rūdyti
Vieną dieną džiaugsimės galėdami ilsėtis kapinėse, rinkdami dulkes.

Aš nesigailiu

Kažkas manęs nekenčia, tai gali būti mano kaltė
Kažkas ant manęs pyksta, tai gali būti mano kaltė
Bet jei kas nors man pavydi ir pavydi
Gal kalta ne mano, bet viskas gerai
Tačiau aš myliu visus nekenčiančius ir jiems šypsausi
Niekada nesijaučiu pranašesnė, bet jaustis nepilnaverčiai yra jie patys
Jie bandė bergždžias intelektualines prievartas
Bet ne atkeršyti ir atleisti, aš visada pasiryžtu
Negaliu sustabdyti savo progreso ir judėjimo, kad patikčiau kitiems
Tai amžinai nužudys mano kūrybiškumą ir judėjimą į priekį
Taigi, mano brangūs draugai, aš nesigailiu ir negaliu grįžti atgal
Tai, ką myliu, darau dėl žmonijos, o ne dėl jūsų apdovanojimo.

Anksti miegoti ir anksti keltis

Anksti miegoti ir anksti keltis daro žmogų sveiką, turtingą ir išmintingą

Šis populiarus posakis gali būti teisingas arba klaidingas, nėra tikslių mokslinių duomenų

Tačiau ankstyvos penkios minutės yra labai svarbios dienai, kai pakyla žadintuvas

Prieš galvodami atidėti pabudimą penkioms minutėms, tris kartus pagalvokite

Be jokios abejonės, penkios minutės taps dviem ar trimis valandomis

Už vėlavimą pradėti dienos veiklą jūs pats šauksite

Šiandienos geras darbas, kurį reikia padaryti šiandien, turi būti atidėtas rytojui

Kitą dieną tos pačios penkios minutės atneš jums daugiau spaudimo ir liūdesio

Minutės pamažu virs dienomis, savaitėmis, o mėnesiai – lėtai

Metų laikai ateis ir praeis, kaip įprasta, tyliai nepasakydami

Naujuosius sutiksite su draugais ir kitais linksmai

Geriau eik miegoti anksti, keltis anksti ir vengti grakščiai sustabdyti žadintuvą.

Gyvenimas tapo paprastas

Gyvenimas tapo toks paprastas, valgyti, kalbėti ar naršyti išmaniajame telefone

Judriausiuose prekybos centruose ar gatvėse ar populiarioje virtuvėje – ta pati scena

Technologijos visiškai pakeitė mūsų gyvenimo būdą ir išraiškos būdą

Tačiau etiniam paradigmos pokyčiui technologija neturi sprendimo

Žmonės tampa individualistai ir į save orientuoti

Į naujos civilizacijos ausį kartu su homo sapiens pateko visos rūšys

Energijos reikalavimai judėti prieš gravitaciją ir kitas jėgas išliko tokie patys

Alkis ir pagrindinių instinktų troškimas, iki šiol technologijos nepajėgios sutramdyti

Gyvenimas ir mirtis, kova už išlikimą ir geresnį gyvenimą, vis tas pats žaidimas

Technologijos yra nuolatinis paprasto gyvenimo procesas, dėl netvarkos esame kalti.

Banginės funkcijos vizualizacija

Kvantinių arba elementariųjų dalelių pasaulis toks pat keistas kaip kosmosas

Kaip ir milijonus šviesmečių nutolusi žvaigždė, akimis nematome jokios kvantinės dalelės

Nors elementarios dalelės yra kiekvienoje materijoje, kurią galime pamatyti, jausti ir liesti

Mūsų smegenų mechanizmas yra ribotas ir gali matyti ar jausti tik netiesioginiu būdu

Fotono ar elektrono įsipainiojimo samprata taip pat yra netiesioginis stebėjimas įraše;

Per batų poros analogiją mums paaiškinama įsipainiojimo sąvoka

Tačiau neapibrėžtumas, susijęs tarp puodelio ir lūpos, visada lieka su dalelėmis

Dalelės įvairiais būdais susijungusios visatoje sudaro matomas medžiagas

Tačiau pamatyti gražų protoną, neutroną, elektroną ir fotoną kaklo akimis neįmanoma

Tik eksperimentuojant galima sužinoti apie elementariųjų dalelių savybes;

Mūsų žinios apie mėnulį ar artimiausias planetas dar nėra išsamios ir išsamios

Niekas negali nustatyti laiko limito, kad sužinotų apie elementarias daleles, visatą ir kosmosą

Civilizacija privalo mokytis, nesimokyti ir išmokti naujų teorijų bei hipotezių

Tačiau žinoti apie sąmonę, protą ir sielas yra žmogui, vis dar iliuzija ir pagrindai

Vieną dieną tikrai atrasime banginės funkcijos žlugimą, kurio niekas negali apriboti.

Aštuoni milijardai

Meilė, seksas, Dievas ir karas lemia civilizacijos ekosistemos likimą

Aplinka ir ekologija yra svarbūs, kad klimatas būtų dinamiškoje pusiausvyroje

Technologijos yra dviašmenis kardas, galintis konstruoti arba sunaikinti pagal mūsų išmintį

Technologijų plėtrai meilė, seksas, Dievas ir karas negali trukdyti

Be meilės ir sekso evoliucijos procesas būtų sustojęs be progreso

Ramajana, Mahabharata, kryžiaus žygis, pasauliniai karai buvo pasakyta kaip chirurginis sprendimas

Tačiau šiandien technologijos suteikia žmonijai naujų būdų, išminties ir naujos krypties

Tuo pačiu metu technologijos stumia aplinką ir ekologiją naikinimo link

Dievui nepavyko suvienyti žmonijos aukščiau kastos, tikėjimo, spalvos, ribų ir religijos

Tik meilė ir seksas vienija žmones kaip žmones ir padėjo mums padaryti aštuonis milijardus.

Aš

Mano egzistavimas yra nereikšmingas pasauliui, saulės sistemai ir mūsų galaktikai

Nes galiu prisidėti tik prie netvarkos ir sistemos entropijos didinimo

Nėra jokio būdo ar galimybių pakeisti mano indėlį į sutrikimą

Galime apsvarstyti protingą energijos ir materijos naudojimą per visą savo gyvenimą

Nėra technologijos, leidžiančios atsikratyti termodinamikos dėsnių ir sumažinti entropiją

Vienintelis dalykas, kurį galiu padaryti, yra sumažinti taršą ir anglies pėdsaką šioje planetoje

Taip pat galiu propaguoti šypseną, meilę ir brolybę tarp savo kolegų homo sapiens

Žmonės sąmoningai naikina nuostabios planetos florą ir fauną

Jaučiame, atėjome į šią planetą vartoti ir naikinti gamtos išteklių

Tačiau tai negrįžtamai pakeitė pasaulinį klimatą ir jo ateities kryptis

Technologijos gali suteikti mums skirtingus, efektyvius ir pakartotinai naudojamus energijos šaltinius

Tačiau entropijos padidėjimas vieną dieną sprogs su naikinamomis jėgomis.

Komfortas yra svaiginantis

Patogumas svaigina ir sukelia priklausomybę

Maisto ir pastogės troškimas vilioja

Tačiau komforto zonoje esame mažiau produktyvūs

Mokslininkai niekada negali išrasti naujų dalykų, gyvendami komforto zonoje

Norėdami išradinėti, jie turi plaukti į giliavandenę jūrą vieni

Žmonių troškimai maisto, pastogės ir drabužių laiko juos krante

Protingieji greitai suprato, kad migracija ir pagreitis yra esmė

Drąsus išėjo iš komforto ir šoko plaukti, nekreipdamas dėmesio į jūros ošimą

Noras tyrinėti naujus dalykus ir eksperimentuoti išradimo esmė

Civilizacija judėjo ir progresavo dėl migracijos

Pasaulyje nėra saugaus prieglobsčio su netikrumu

Komforto zonos troškimą taip pat riboja kvantinė tikimybė.

Laisva Valia Ir Tikslas

Ar gyvenimo tikslas yra gyventi, leisti gyventi ir daugintis

Arba gyvenimo tikslas yra kolektyviai apsaugoti DNR kodą

Turime galimybę neatkurti likusių vienišių

Norint apsaugoti genetinį kodą, turi būti trikampis

Be tėvo, mamos ir vaikų kodas užsisegs

Laisva valia visada vaidina savo vaidmenį priimant sprendimus

Tačiau laisva valia siejama su netikrumu ir kintamaisiais

Ateities srityje laisvos valios tikslas suluošintas

Vadovaukitės savo intuicija ir tiesiog vykdykite savo valią – paprasta taisyklė

Net jei jūsų laisva valia ir tikslas niekada nesusilieja, būkite nuolankus.

Du tipai

Šiame pasaulyje yra tik dviejų tipų žmonės, su kuriais dirbome

Pesimistas, neturintis iniciatyvos judėti, o optimistas, visada judantis

Tiesiog darykite tai per daug negalvodami, o atidėkite rytojui

Vienas tipas su teigiamu požiūriu, o kitas tipas su neigiamu požiūriu

Jei per daug galvojame ir analizuojame rezultatus, pradėti neįmanoma

Dienos pabaigoje ir galiausiai gyvenimo pabaigoje mūsų krepšelis bus tuščias

Nuimkite inkarą ir pradėkite plaukti negalvodami apie būsimas audras

Jei lauki giedro dangaus neribotą laiką, niekada nepasieksi žvaigždės

Priimkite realybę, kad gyvenimas yra tik atsitiktinė kvantinė tikimybė.

Būkime dėkingi mokslininkams

Įvertinkime visus mokslininkus, kurie išskleidžia kvantinį pasaulį

Mes negalime nei matyti, nei jausti kvantinių dalelių savo jutimo organais

Tačiau mūsų smegenys turi galimybę suprasti ir vizualizuoti

Mokslas nuėjo ilgą kelią atskleisdamas gamtą ir suprasti

Tačiau mes nežinome, kur esame, galutinis taškas yra per toli arba labai arti;

Mokslininkai praleido daug bemiegių naktų formuluodami hipotezę

Vėliau daugelis jų atlaiko griežtus išbandymus ir tampa teorijomis

Šriodingerio katė dabar kvantiniu šuoliu išėjo iš dėžės ir persikelia į gamtą

Naudodamiesi kvantiniais kompiuteriais, mokslininkai ateityje tyrinės naujas galimybes

Tikrovė vis dar yra iliuzija žmogaus smegenims, protui, sąmonei, nors mes įžengėme į naują kultūrą.

Gyvenimas anapus vandens ir deguonies

Kosmosas yra begalinis už ribų ir vis dar plečiasi

Tačiau kartais savo mąstymo apie kosmosą procesą ribojame mes patys

Gyvenimas įmanomas už anglies, deguonies ir vandenilio begalybėje

Gali būti gyvybė su sąmone, kuri gali tiesiogiai paimti energiją iš žvaigždžių

Deguonis ir vanduo turi būti reikalingi gyvybei, kitose galaktikose tai gali būti ne tikrovė

Mūsų planetoje žemėje egzistuojanti gyvybės forma gali būti vieniša

Tačiau tokio paties tipo gyvenimo milijardai šviesmečių tikimybė taip pat yra gera

Kadangi gamta mėgsta įvairovę, kitokia gyvybės forma kitur yra įmanoma

Tačiau su mūsų fizika ir biologija toks gyvenimas gali būti nesuderinamas

Galbūt tiesioginis energijos įsisavinimas gyvų būtybių kitoje visatoje yra pagrįstas

Mes vis dar tamsoje dėl tamsiosios energijos ir esame riboti šviesos ribose

Tačiau skirtingų tipų gyvybės formoms tolimose galaktikose tamsioji energija gali būti šviesi

Kartą peržengę šviesos greičio barjerą važiuosime tokiu greičiu, kokiu norime

Egzoplanetų paieška kitose galaktikose bus paprasta ir sąžininga

Iki to laiko mokslas neturėtų smerkti ir nurašyti kitų sluoksnių.

Vanduo Ir Žemė

Trys ketvirtadaliai mūsų planetos žemės yra po vandeniu

Tik ketvirtą dalį gyvename mes, homo sapiens

Pasaulis po vandenynais vis dar neištirtas

Žmonės išnaudoja dirvožemio išteklius už jo ribų

Ačiū Dievui, giliavandenių tyrinėjimų vis dar sunku

Lengviau ir patogiau tyrinėti kosmosą

Štai kodėl statyti kolonijas net mėnulyje yra rasė

Nors Sacharos dykuma vis dar yra paslaptinga civilizacijai

Mes labiau nerimaujame, kad pagrobsime žemę mėnulyje ir pradėsime statybas

Dauguma pasaulio gyventojų vis dar neturi būsto sprendimo

Būtina ištirti kosminę erdvę ir šalia esančius atomus

Tačiau visiems žmonėms privaloma suteikti galimybę išgyventi

Civilizacija pradėjo kelionę su meile savo pažangai ir klestėjimui

Tačiau pusiausvyra tarp homo sapiens ir kitų prarado vientisumą

Kad žmonija išliktų, turime subalansuoti aplinką ir ekologiją su nuoširdumu.

Fizika turi harmonikų

Nuo žemės ūkio atradimo praėjo keli tūkstančiai metų

Ūkininkai vis dar dirba savo žemę, augina žaliavinius ir kviečius

Senasis žvejys eina prie jūros gaudyti žuvies ir parduoti turguje

Kaubojus ir kaubojus dainuoja seną melodiją, išmoktą iš senelio

Nesijaudina dėl dirbtinio intelekto ar ateivio, apie kurį girdėjo

Kvantinis įsipainiojimas ar egzoplaneta tolimame danguje jiems nėra svarbūs

Sausra ir nepastovus klimatas veikiau kelia susirūpinimą dėl jų derliaus

Neribotas cheminių trąšų naudojimas sumažino dirvožemio produktyvumą

Yra milijardai žmonių, kurie vis dar priklausomi nuo lietaus vandens

Prastas lietus gali nustumti jų vaikus į skurdą ir badą

Tačiau mokslas vis giliau tyrinėja atomą ir galaktikas

Mokslas seka ir tyrinėja gamtą, o ne gamta tyrinėja mokslą

Visata neatsirado po to, kai buvo parašyti fizikos dėsniai

Matematikos žinios buvo pagrindinės, o mes žinojome planetų dinamiką

Tyrinėjant gamtą per fiziką, yra visos harmonikų galimybės.

Mokslas gamtos srityje

Fizikoje turime daug matematinių lygčių, skirtų gamtai paaiškinti

Tačiau tai nėra lygtis, leidžianti tiksliai apskaičiuoti mirties datą ateityje

Kai kurie žmonės miršta jauni sveiki, o kiti miršta apgailėtinai seni

Jokių lygčių, kodėl laisvos valios pastangos ir atsidavęs darbas duoda rezultatų

Taip pat yra lygčių, leidžiančių tiksliai numatyti žemės drebėjimą

Stichinių nelaimių ir pandemijos numatymas taip pat yra tikimybė

Tačiau mums reikia paprastos santuokos suderinamumo ir tvarumo lygties

Mokslinės prognozės turi būti šimtu procentų tikslios be klaidų

Priešingu atveju tarp silpnų žmonių astrologai visada kurs siaubą

Mokslas nėra juoda dėžė, kaip prieš tūkstančius metų parašytas religinis tekstas

Daugelio mokslininkų juodosios dėžės sindromas turėtų atsikratyti savo ego

Reikia ištirti visas galimybes ir tikimybes – tai tiesos paieška

Tiesiog pasakoti kai kuriuos įsitikinimus ir vertybes kaip prietarus be įrodymų yra nemandagu

Mokslas gamtos ir Dievo srityje visada yra geresnio rytojaus ir gerovės labui.

Besivystanti hipotezė ir dėsniai

Hipotezė ir fizikos dėsniai, metafizika vystosi su laiku

Prieš Didįjį sprogimą gali būti įvairių įstatymų rinkinių, valdančių visatą

Tačiau mums fizikos ir gamtos dėsniai atsirado tik laiko srityje

Laikas gali būti iliuzija arba judėjimas iš praeities į dabartį į ateitį, svarbus stebėtojui

Be laiko srities mes neturime jokios reikšmės dėsniams ar tikslams

Technologijos seka fiziką ir evoliuciją, siekdamos geresnės homo sapiens gyvenimo kokybės

Tačiau kitoms gyvoms būtybėms Žemės planetoje fizika ir technologijos yra ateiviai

Net trys ketvirtokai, gyvenantys po vandenynais ar jūromis, neturi fizikos žinių

Tačiau jie gyvena patogiai ir laimingai, nemokėdami jokios matematikos

Jų kelionė ir gyvenimas taip pat yra tik laiko srityje, nesirūpinant statistika

Mes, protingi padarai, perėmėme viską gamtoje

Tačiau vystymosi ir pažangos procese gamtai mums nerūpėjo

Kosmologijos ir elementariųjų dalelių išmanymas neužtenka visiems

Be ekologinės pusiausvyros ir palankios aplinkos vieną dieną žmogaus gyvybė bus reta

Tegul mokslininkai subalansuoja evoliucijos procesą su išradimu, visiems, kas yra teisinga.

Apie Autorių

Devajit Bhuyan

DEVAJIT BHUYAN, elektros inžinierius pagal profesiją ir poetas iš širdies, puikiai moka kurti poeziją anglų ir savo gimtąja asamų kalba. Jis yra Inžinierių instituto (Indija), Indijos administracinio personalo koledžo (ASCI) narys ir „Asam Sahitya Sabha", aukščiausios Asamo, arbatos, raganosių ir Bihu žemės, literatūrinės organizacijos narys. Per pastaruosius 25 metus jis parašė daugiau nei 110 skirtingų leidyklų knygų daugiau nei 40 kalbų. Iš jo išleistų knygų apie 40 yra asamiečių poezijos knygos, o 30 knygų yra anglų poezija. Devajit Bhuyan poezija apima viską, kas yra mūsų planetoje ir matoma po saule. Jis kūrė poeziją nuo žmonių iki gyvūnų, žvaigždžių, galaktikų, vandenynų iki miškų, žmonijos, karo, technologijų iki mašinų ir visų turimų materialių bei abstrakčių dalykų. Norėdami sužinoti daugiau apie jį, apsilankykite www.devajitbhuyan.com arba peržiūrėkite jo „YouTube" kanalą @*careergurudevajitbhuyan1986*.

www.ingramcontent.com/pod-product-compliance
Lightning Source LLC
LaVergne TN
LVHW041702070526
838199LV00045B/1168